JN075494

ごちそうさまと言わせたい
〜エロ妄想紳士と愛情過多なヘルシー弁当〜

Tomo Makiyama
牧山とも

CHARADE BUNKO

Illustration

高峰顕

CONTENTS

本作品の内容はすべてフィクションです。
実在の人物、団体、事件などにはいっさい関係ありません。

ごちそうさまと言わせたい
～エロ妄想紳士と愛情過多なヘルシー弁当～

CHARADE BUNKO

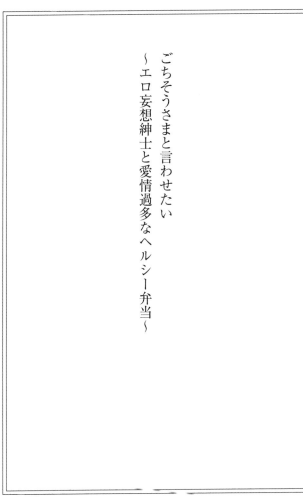

◇
◆
◇

「風が冷たいな」

外気に触れてすぐ、成宮悠斗《なるみやゆうと》は呟《つぶや》いた。正午を回って休憩時間になり、職場が入っている高層ビルを出たところだ。

思っていたよりも体感温度が低くて、小さく身を震わせた。

カレンダー上は十月の初旬だが、日中は気温が二十五度に近いぽかぽか陽気がつづいている。出勤時から、ついさきほどまでも陽射《ひざ》しがあった。

空調が効いたオフィス内は少し汗ばむほどだったので、スーツの上着を脱いだまま来てしまった。

「どうするかな…」

再び呟き、上着を取りに戻るかどうか考える。迷ったものの、また陽が射してくるかもしれないから大丈夫だろうと思い直した。

それよりも、悠斗の視線の先には、すでに長い行列ができている。

ビルと歩道までの間の敷地内に三台のキッチンワゴンが停《と》まっていて、自分と同じく昼食を買う目的の人々が並んでいた。

一台はハンバーガーとスープ、もう一台がタイ料理専門店だ。

悠斗の目当ては、残りの一台だった。

昨年から来るようになったＶＥＧＥ《ベジ》　ＤＥＬＩ《デリ》という店名のキッチンワゴンで、唐揚げがメインの弁当を気に入っていた。

メイン以外の副菜も常に四種類あって、どれもがおいしい。

野菜を多く使っていて彩りがあった。和洋中とラインナップも豊富で、味つけも濃すぎずにちょうどよかった。具だくさんの温かい味噌汁《みそしる》も美味だ。

女性客がターゲットなのか、量が比較的少なめで、小食の自分でも食べ切れる。健康志向の男性にも受けているようだ。

店のサイトもあるが、ユーザー個々のＳＮＳで情報が拡散されてもいる。

オフィス街とあり、立ち並ぶビルからも客が来ていた。

食べることが大好きな悠斗は、ほかの二店の料理も食べた。

両店とも味は悪くない。ただし、ハンバーガーとスープの店は量が多すぎて、タイ料理店は香辛料がだめでリピーターになるのはあきらめた。

ちなみに、三店の中ではＶＥＧＥ《ベジ》　ＤＥＬＩ《デリ》がダントツの人気を誇る。

やはり昨年、新橋《しんばし》にオープンした路面店も大評判らしかった。そちらにはまだ行ったことがないけれど、キッチンワゴンにはない麺類があって興味津々だ。機会があれば、ぜひ足を運びたい。

同僚に誘われてどこかへランチにいかない限りは、平日の五日間ともここの弁当を買っていた。日替わりなので、まったく飽きない。

後れを取らないうちにと、行列の最後尾に並んで順番を待つ。その間、期待した陽射しのかわりに冷たいビル風がさらに吹きつけてきた。

だんだん身体《からだ》が冷えてきて、微妙に息がしづらくなってくる。

覚えがありすぎる感覚に、まずいかもしれないと思った。

日常生活に深刻な支障はないが、悠斗は幼い頃から喘息《ぜんそく》を患《わずら》っている。

季節の変わり目や寒暖差、タバコなどの強いにおいや煙、食べすぎ、過労、ストレス等が原因で発作が起きる。

低気圧が通過する雨の日や、台風シーズンも要注意だった。

気をつけていれば、大抵は問題ない。最近のように気候がいい日がつづいていると、油断してしまいがちだ。

今も、少し我慢したら平気になるかもと楽観的に考えていた。

それに、列を外れると弁当が売り切れて買えなくなる恐れがある。キッチンワゴンのそばに置かれたブラックボードに書かれている今日の弁当の中身も魅力的なのだ。

メインはもちろん、ポテトサラダ、大根とシメジと油揚げの煮浸し、キクラゲとキュウリの中華風サラダ、里芋とイカの煮物、秋らしく栗ごはんというメニューがものすごくおいしそうなだけに悩ましかった。

ただ、警告みたいな浅い呼吸に、さすがにためらいが生まれる。でも、ここのポテトサラダと煮浸しは絶品なのだ。

できれば食べたいと往生際悪くうつむいた悠斗に、聞き慣れた声がかけられた。

「こんにちは」

「……こんにちは」

先にオーダーを取りにくると承知なのに、うっかりしていた。いつもは五人くらい前で胸を躍らせるはずが、気づかなかったなんて初めてだった。

食欲と体調のどちらを取るか、迷っていたせいだ。

おもむろに視線を上げたら、顔なじみの男性スタッフがいた。

「本日もお越しいただき、ありがとうございます。相変わらず、隠し切れない上品さと知性に溢《あふ》れていらっしゃいますね」

「そんなことは、ありませんけど」

「ご謙遜を。そんな雰囲気しか伝わってきませんよ」

「はあ……どうも…」

「それでは、ご注文はなにになさいますか?」

「ああ。はい…」

軽いやりとりのあと、オーダーを訊《き》かれて肩で息をついた。

青年のほかにもうひとり女性スタッフもいるが、今日は彼が接客担当らしい。

三十歳前後と思《おぼ》しき青年は長身なので、見上げないと目が合わない。おそらく、一八〇センチ台の後半はあるだろう。

黒のポロシャツとチノパン、同色のエプロンというといういつもの制服姿だ。肌寒いせいか、今日は店のロゴが入った薄手の黒いジャンパーを着ている。

ほぼ毎日顔を合わせているが、彼とは表面的な会話しか交わしていなかった。

当初はその丁寧すぎる言葉遣いに驚いたけれど、それが普通らしいとわかってきて今はもう慣れた。

多くの客にそつなく接する態度からは、慇懃《いんぎん》な言葉遣いを除けば社交的で気さくな印象を受ける。客のほうからどんな話題を振られても、接客のプロらしく弁舌爽やかに応じていた。

今、自分を褒めてくれたみたいに、客ひとりひとりを心地よくさせる。

とりあえず、注文をすませようとした悠斗より一瞬早く、青年が口を開く。

「お客様。お顔の色が優れませんが、お加減が悪いのではありませんか?」

「……………」

悠斗の顔を見て心配そうに眉をひそめ、真摯な口調で訊《たず》ねられた。

図星なだけに返答に困ったが、周囲を憚《はばか》り、なんでもないふうを装った。まだ耐えられるレベルの調子の悪さだ。

喘鳴《ぜんめい》も聞こえないしと、悠長に考える。

咳払《せきばら》いをして、平気ですと答える途中だった。ポケットから慌てて取り出したハンカチで口元を覆う。

突然、咳《せ》き込んだ悠斗に、彼が慌てず騒がず再度、確認する。

「大丈夫ですか、お客様?」

「は……はい…」

「プールや海に入っていて寒くなったときみたいに、唇がチアノーゼ状態の青紫色になっていますよ」

「…大、丈夫……です」

「お言葉ですが、そのようには見えませんね」

問いかけに大丈夫と返して、浅く短い呼吸を繰り返した。

発作が起きかけているにしろ、経験上、たぶん軽いものだ。間欠的に咳も出ていたが、少し経《た》てば治まるはずだった。

日替わり弁当をと注文する寸前、青年が低く告げる。

「スレンダーな美貌の眼鏡《めがね》男子がリアルに儚《はかな》げってレアキャラすぎる。今どき染めてない黒い美髪と同色の眼《め》に雪膚《せっぷ》のコントラストも病弱さを強調させるアイテムになってて庇護《ひご》欲をそそる上、わりと好みのタイプだけに乱れた呼吸に股間が疼《うず》きそうになるが、現状は痩《や》せ我慢にもほどがあって見てられないな。……僭越《せんえつ》ながら失礼いたします」

「⁉」

最初のほうは低い早口で聞き取れなかった。訊き返そうとした瞬間、一言断られて身体が宙に浮いた。

いきなり横抱きにされるという思いがけない事態に唖然《あぜん》となる。

滅多に動じない悠斗も、この状況には動揺を隠せなかった。

ひどく驚いたせいか、一時的に咳も止まっていた。周りを気にして、なるべく抑えた声を出す。

「あのっ……どういうつもりですか？」

「手っ取り早く場所を変えるだけです。不安定な体勢なので、俺の首か肩に摑《つか》まっていてください」

「いや。とにかく、下ろしてもらえますか？」

「おとなしく身を任せていただけたら、約三十秒後に下ろします」

「今、お願いします」

「あいにく、開けません。あしからず」

「そんな……」

やんわりと強引な姿勢を貫かれて困惑した。

さすがにざわつく周囲をよそに、青年は女性スタッフを呼んでその場を任せ、颯爽《さっそう》と行列を離れた。

呆然《ぼうぜん》としながらも、言われたとおりに彼の肩に摑まる。

いくら細身でも、成人男性の自分を抱き上げて足取りも乱さない腕力に驚愕《きょうがく》した。

悠斗を軽々と抱いたまま、キッチンワゴンの運転席に運んでいく。片手で器用に取り出した車のキーでドアを開いてシートに座らされた。

立てつづけに咳をすると、意外に体力を消耗して疲れる。

徐々に全身がだるくなってきていたので、正直なところホッとした。だから、否応なしの言動を取られたが、あまり反発心はない。

体調不良の人を見かねたとしても、大多数は救急車を呼んで終わりだろう。そこまでするほどではないと思っている悠斗にとっては、青年の判断はありがたかった。

ドアの脇に立った彼が真顔で訊いてくる。

DELI

「立ち入ったことを伺って申し訳ありませんが、お客様は喘息ですか？」

「そう、ですけど…」

なぜ具体的な病名までわかったのか不思議だったが、うなずいた。すると、今度は着ていたジャンパーを脱いで、羽織るよう勧められる。

恐縮しつつもジャンパーに腕を通す間に、エンジンをかけて暖房まで入れてくれた。

ひどく面倒見がいい青年に、悠斗が確かめる。

「あなたは、寒くないんですか？」

「ご覧のとおり、今日はポロシャツの下に長袖のTシャツを着ていて、そろそろ暑くなってきていたので脱ごうと思っていたところです。ご心配には及びません」

「…そうですか」

つづけて、吸入薬の所持を確認された。

炎症を起こしたり、狭くなったりした気管支を広げるための吸入薬は通勤鞄《かばん》の中にはある。けれど、弁当を買うだけのつもりでいたから、持ってきていなかった。

かぶりを振ったあと、咳がぶり返してきた。

口元をハンカチで覆って咳き込む悠斗を痛ましそうな目で見ながら、青年が言う。

「前傾姿勢でハンドルにもたれかかるなり、シートを倒して横になるなり、とにかく楽な体勢を取っていただいてけっこうです。呼吸が落ち着くまでは、どうかこちらで安静になさっていてください」

終始、冷静にテキパキと対処されて感心した。その反面、忙しいときに迷惑をかけてしまって申し訳なくなった。

呑気《のんき》にかまえたあげく、食い意地を張った結果がこれだ。

間断なく出る咳の合間に、かすれた声で謝る。

「……すみま…せん」

「お気になさらず」

「ご多忙な中……ご面倒を、おかけして……すみませっ…」

「お得意様なので放っておけなかっただけです。こちらのほうこそ、勝手をしました」

「…いえ。本当に、すみません」

「どうせなら『すみません』ではなくて、『ありがとう』とおっしゃってもらえると、うれしいですね」

「……っ」

申し訳なさのあまり何度も謝罪していたら、悪戯《いたずら》っぽく笑ってそう言われた。

冷艶に整ったルックスがやわらいで見蕩《みと》れる傍ら、意表を突いた発言に呆気《あっけ》に取られる。

そんな悠斗に、さらに彼がつづける。

「そのほうが、お互いに気分がよくなると思いませんか？　まあ、あくまで持論でしかありませんが…。それに、話すのも億劫《おっくう》でしょうから、今は黙っていてくださってかまいません」

どこまでも気遣われて、ますますいたたまれなくなった。

意外というか斬新な指摘と、青年の提案にも考えさせられた。

たしかに、謝罪よりも謝礼のほうがポジティブな感じだ。自分がよかれと思ってしたことを謝られっぱなしなのは、複雑な心境になるかもしれない。

納得した悠斗があらためて、別の言い方で感謝の気持ちを伝える。

「どうも……ありがとう、ございます。お言葉に甘えて……少し…休ませて、いただきます…」

「ごゆっくり」

満足そうに両眼を細めた彼が、ドアを閉めて仕事に戻っていった。

意識して深呼吸しながら、外したハーフリムの眼鏡をダッシュボードに置く。ハンドルに上半身をあずけるようにして目を閉じた。

横たわったり、仰向《あおむ》けになったりするより、この体勢が一番楽なのだ。

ジャンパーを着て車内も暖まったせいか、咳がだいぶん治まってきた。

発作にはつきものなのだが、食欲が失《う》せていて残念極まる。どうせ具合が悪くなるなら、今日の弁当を食べたあとがよかった。

「はあ……」

現状を母親の真衣《まい》に知られた日には、なにを言われるかわからなかった。

悠斗が物心つく前に病気で他界した父の思い出は、ほとんどない。友達にはいる父親がいなくて、子供の頃は寂しかったが、母がせいいっぱい愛情を注いでくれたので寂しさはまぎれた。

母一人、子一人の母子家庭で育った影響か、悠斗は独立心が旺盛だ。

体調を含め、周りに心配をかけまいとする傾向も強かった。心身の不調をできるだけ我慢して隠す習性もある。

それを承知の母親は、かなりの心配性だ。

可能な限りそばにいてやりたいという理由で、悠斗が幼いときから、システムエンジニアの仕事もほぼリモートワークで自宅にいる。その母をどうにか説得し、三ヶ月前に実家を出て一人暮らしを始めたばかりだった。

仕事が閑散となる七月に、今住んでいるマンションに引っ越した。

仕事で多忙な母親を気遣い、幼少期から彼女を手伝っていたおかげで、家事は最低限できるので困ることはない。

大学卒業後、大手総合商社の人事部に就職し、今年で二年目になる。

人事部といっても、採用や給与や福利厚生など、業務は多岐にわたる。

悠斗は採用担当の部署にいた。募集要項を見て応募してきた応募者の受付や、面接会場のセッティング、日程調整を任されている。

昇給、昇格、異動、中途採用の求人や選考、社員との面談、労使交渉等々、年間を通してコンスタントに多様な業務があった。

新入社員が入社する春と、新卒の秋入社がある秋が繁忙期だ。それ以外は激務もなくて無理なく働けていた。

上司と同僚にも恵まれ、仕事にも慣れて、充実した日々を送っている。

想定外だったのは、悠斗の職場が入ったビル内で、母親の婚約者の樫山久嗣《かしやまひさつぐ》も仕事をしていることだ。

樫山は国内屈指の公認会計士事務所のトップだった。悠斗が勤める会社の二階上のフロアに彼の事務所もある。

以前いたビルの賃貸契約が切れた昨年、移ってきたのだ。

五十四歳の樫山には十年前に円満離婚した前妻との間に、智尚《ともひさ》と莉菜《りな》という二十九歳になる双子の子供がいた。

彼らも公認会計士で、父親の事務所に勤めているから同じビルに勤務している。

継父と義理の兄姉になる予定の樫山親子との関係は良好だ。彼らを新しい家族として受け入れる心の準備もできていた。

母親と樫山親子を脳裏に浮かべながら、溜《た》め息《いき》をつく。

「……知られたら、みんなして『やっぱり！』ってなるな」

母親に輪をかけて、樫山親子も悠斗に恐ろしく過保護だ。実家に帰ってこいと口をそろえるのが目に見えた。

一人暮らしで、発作が起きたときにどうするのだという懸念はわかる。

心配してもらえて、とてもありがたいとも思っている。けれど、そんなことを言っていたら、一生なにもできないまま終わってしまう。

幼い頃はもっと症状が重かったので、ずいぶんましになっていた。

もしかすると、そのうち寛解《かんかい》するかもしれない。それまでは、今後も喘息と折り合いをつけて暮らしていこうと前向きな捉え方でいた。

なにより、悠斗が実家を出たかった最大の理由はほかでもない。十二月の母親の誕生日に入籍する母と樫山を、自分に気兼ねなく二人きりにしてやりたいためだった。

世田谷《せたがや》にある二階建ての一軒家の実家は、亡父が祖父から受け継いだ土地に建てたものらしく、母親は大切に思っている。再婚後は悠斗に譲って家を出ようとしていたが、母の想《おも》いを尊重した樫山が移り住んでくることになった。

実家を出てからの三ヶ月間に発作は起きたものの、大事には至っていない。

余計な心配をかけたくなくて、母親にも樫山親子にも言っていなかった。

今回のことも、当然ながら黙っているつもりだ。

「まあ、今日はちょっと想定外だったけど」

思い返して、しみじみと呟いて苦笑した。

外出先で発作が起こりかけたのは、二年ぶりくらいだ。

入社直後、寝坊して会社に遅刻しそうになり、電車に乗り遅れないように迂闊《うかつ》にも全力で走ってしまって『しまった！』となった。車内で慌てて吸入薬を服用し、どうにか乗り切って以来だ。

今回は店のスタッフの青年に救われて、本当に助かった。

常連というだけで、こんなによくしてくれるなんて好人物だ。

衆人環視の中、突如、抱き上げられて運ばれたのは恥ずかしかった。ごり押しな態度にも困惑したが、感謝の想いが強い。

手慣れた処置の仕方から、彼自身か近しい誰かが喘息なのかもしれない。

話しやすいだけでなく、親切な人だとも思いながら、ふと腕時計を見た。十二時四十分を過ぎている。

いろいろと思考をめぐらせているうちに、休ませてもらってから三十分あまりが経っていた。幸いにも、息苦しさは落ち着いてきていて安堵《あんど》する。

一時間の休憩時間内に治まってよかったと、ゆっくり上体を起こした。

ダッシュボードに置いていた眼鏡をかけて、大きく息をつく。

「…よし。いけるな」

多少のだるさは許容範囲内だった。食欲はないままなので、あとで空腹になっても仕方ない。そのときは、ビル内の各フロアの休憩スペースに設置された菓子の自動販売機で、なにか買って食べればいい。

オフィスに戻る前に、あの青年にもう一度礼を言いたいと考えたときだ。

ドアの窓が軽くたたかれて視線を向けると、当の本人がいた。まだ仕事中なのではと訝《いぶか》る悠斗がドアに手をかけるよりも先に開けられる。

悠斗の顔を見た彼が端整な口元をほころばせた。

「だいぶん、顔色がよくなりましたね。チアノーゼも治ってる」

「おかげさまで。…あの、俺が言うのもなんですけど、お仕事は大丈夫なんですか？」

「少し抜ける程度なら、全然」

「お気遣い、すみま……ありがとうございます」

青年の言葉を思い出して、咄嗟《とっさ》に言い直した。

よく見ると、虹彩が薄茶色の双眸《そうぼう》を細めた彼が応じる。

「どういたしまして。全快とまではいかないようですが、いつものうっとりと聞き惚《ほ》れてしまいそうなセクボ……いえ。澄み透ったきれいなお声に限りなく戻っていて、ひとまず安心しました」

「そんなふうに言っていただいて光栄ですし、こちらこそお世話になりました」

せくぼとはなんだと思ったが、単に言い間違えたのだろうと聞き流す。昼休憩の終了まであまり時間がないこともあった。

「いえ。落ち着いていたら、職場に戻る頃だとも思いましたので」

「おっしゃるとおりです」

「では、こちらを」

小さめのポリ袋を差し出されて、首をかしげた。それと青年の顔を、目を瞬《しばた》かせて交互に見遣る。

眼差《まなざ》しに促されて受け取った悠斗に言い添えられる。

「おにぎりです。よろしければ、空腹の際にでも召し上がってください。小ぶりなものを二個入れています。梅干し入りと栗ごはんのおにぎりですが、かえって荷物になって申し訳ありません」

「とんでもない！」

至れり尽くせりの気配りに感激した。この店はおにぎりもおいしいので、食欲が回復して食べるのが楽しみになる。

うれしさのあまり、自然と浮かんだ微笑《ほほえ》みのまま訊ねる。

「重ねがさね、ありがとうございます。おいくらですか？」

「日頃のご愛顧に対するサービスなので、お代はけっこうです」

「でも……」

「そのかわり、またご来店ください。お待ちしております」

「それは、もちろんですけど」

代金は受け取らないと明言されて弱り切った。世話になった上での配慮に、悠斗が素早く頭を働かせる。

このままでは、さすがに気が引けた。かといって、厚意を無下にはできない。

客と店員だから埒《らち》が明かないのなら、自分と青年個人ならばいいのではという結論に行き着いた。

居住まいを正し、彼の目をまっすぐ見つめて言う。

「では、お店に伺うのとは別に、個人的にもお礼をさせてください」

「なんですって？」

予想外の申し出だったらしく、青年が凛々《りり》しい眉を片方上げた。

また断られる前にと、スラックスのポケットから取り出した財布から名刺を出して話をつづける。

「俺は、そこのビルに入っている菱井《ひしい》グループという会社に勤務する成宮悠斗と申します。

これが名刺です」

「……ご丁寧にどうも」

「お世話になったお礼に、お茶かお食事をぜひごちそうさせていただきたいのですが、どちらがよろしいですか？　明日以降、お時間を取れる日時を教えてください。俺はいつでもかまいません。そちらのご都合に合わせます」

「………」

確実に行く前提で、たたみかけるように話を進めた。

仮に断られたとしても、なんらかの形で礼をしないと気がすまない。だから、申し訳ないが、つきあってもらうともつけ加える。

受け取った名刺に目を落としたあと、彼がしばらく悠斗を見つめた。

ほどなく、小さく肩をすくめて言われる。

「こんなにも強気にナンパされたのは初めてですね」

「……ん？」

思わぬ指摘を受けて、自らの発言を振り返った。

言われてみれば、そう受け止められてもおかしくない内容だったかもしれない。補足に至っては、ストーキング宣言じみている。

反省しながら、そんなつもりはなかったときちんと説明する。

「強引なナンパみたいな誘い方で失礼しました。ただ、どうしてもお礼がしたいだけなんです。ご気分を害してしまったとしたら、お詫《わ》びします」

「冗談ですから、お気になさらないでください」

「そうでしたか」

「ええ。……一見ノーマルなのに、実は公私ともに他の追随を許さないレベルにドSの女王様気質で、ベッドでは言葉責めも放置プレイもお仕置きも鞭捌《むちさば》きも、超一流っぽい意外性が気に入ったんで」

「なにか？」

後半のくぐもった声を聞き取れず、首をかしげた。

問い返した悠斗に、どこか楽しげな微笑を浮かべた青年が答える。

「今週の土曜日、午後三時にお茶をごちそうしていただきますと」

「わかりました」

「じゃあ、そういうことで」

「要望を受け入れていただいて、ありがとうございます」

不愉快にならずに応じてもらえたようで、胸を撫《な》で下ろした。

お茶にするならと、場所の候補に数年来行きつけのカフェの名前を挙げる。その途端、彼がなぜか笑みを深めた。

なんだろうと思った悠斗が、訝りつつ訊ねる。

「別のお店にしましょうか？」

「いえ、そちらでけっこうです。それから、自己紹介が遅れましたが、俺は高際恭貴《たかぎわやすたか》といいます。仕事は成宮さんもご存知のとおりです」

「抜群においしい弁当店勤務ですよね」

「弊店を高く評価していただき、ありがとうございます」

その後、運転席から降りた悠斗は、高際と別れてオフィスに戻った。

ジャンパーは後日返してくれたらいいので、着たままでと言われて厚意に甘える。

午後からの仕事は、どうにか無事に終えた。おにぎりはこの日の夕食に食べたが、やはりおいしかった。

高際と約束した土曜日は、案外すぐにやってきた。

あの日の翌日の水曜日は食欲があまりなくて、昼食は栄養補助食品ですませた。木曜日は樫山親子と、金曜日は同僚とランチに出かけた。

弁当を買いにいっていないため、あれ以来、彼と顔を合わせていなかった。

約束の時間の五分前に、待ち合わせ場所のカフェに着く。

モノトーンでまとめられたシックな内装が洗練された雰囲気だ。隣席との間隔がゆったりと取られているのも、くつろげる理由だろう。

メニューにある商品は、食べたことがあるものはどれもおいしかった。

「果たして、来てくれるかどうか」

呟きながら入店して、さりげなく店内を見回した。席はほとんど埋まっているが、空間にゆとりがあるせいか窮屈さはない。

視線をめぐらせて間もなく、窓際の席にいる高際を見つけた。

淡いブルーのシャツにチャコールグレーのジャケット、黒いパンツというスタイルだ。キッチンワゴンでの制服姿しか知らないから、なんだか新鮮だった。長い足を持て余しぎみに座っているのも微笑ましい。

悠斗のほうは、ライトグレーのVネックのニットに紺色のデニム姿だ。眼鏡も会社用とは違うプライベート用のハーフリムに替えている。

今日も暖かな陽気とあり、ダークグリーンのオーバーシャツは来る途中で脱いで腕にかけていた。

高際も悠斗に気づいて、肩の位置まで片手を上げる。

笑顔を返して、彼のもとに心持ち早足で歩み寄った。四人掛けのテーブル席の椅子に、荷物とオーバーシャツを置いて向かい合わせに座る。

「こんにちは」

「どうも。……ほほう。この前の地味なリーマンスタイルとは打って変わって、エレガントにまとめてはいるが、色っぽいうなじが丸見えの細い首筋全開で、くぼみに舌を這《は》わせたくなる絶妙なラインとフォルムを誇る鎖骨が覗《のぞ》く上に、ぴったりフィットの細身のデニムで尻の形が丸わかりの悩殺コーデか」

「……高際さん。今のって…？」

聞き間違いかと疑いたくなる内容の発言が耳に届いた。

クールでノーブルなルックスだけにギャップがすごい。なんとなくストイックそうなイメージもあり、セクシュアルな言い回しだった分、唖然となった。

思わず目を丸くして高際を凝視する悠斗を、彼が見つめ返してきた。

少しもうろたえず、否定もせずに堂々と答える。

「聞こえましたか。音量をうっかり絞り損ねてしまって、すみません」

「まさかの全肯定なんですね」

「厳然たる事実ですから」

「胸を張っておっしゃられても困ります。…というか、性的な色合いが濃い表現をされましたけど、俺は男ですよ？」

「俺の審美眼はクリアしていますから問題ありません」

「…そういうものですか」

「はい。脳内妄想による心の声が大きめの自覚はあるので、普段からミュートを心がけているんですが、今日は見事にしくじりました」

「ミュ……ということは、日頃からずっと…?」

「ええ。標準装備で、俺が意識不明の重体にでもならない限りはフル稼働です。ご指摘を受ける前に白状しますと、成宮さんとこれまでお会いしてきた際にも、常に諸々妄想していました」

「はあ……」

あっさり認められると、なんとも反応に窮する。

前回、何度か聞き損ねた高際の呟きは、それだったに違いないと確信した。かといって、あまり嫌な気はしない。

おそらく、粘着質な感じがなく、さっぱりした彼の態度のせいだろう。

近づきがたいほど完璧な容貌とは裏腹な中身に、逆に親しみ深さを感じた。親切にしてもらった相手という先入観もある。

どう返答しようか考えている悠斗に、高際が当然とばかりにつづける。

「わかっています。その顔はドン引きしているんですよね」

「違います。なんだか、親近感を抱いただけで」

「変態発覚なのに?」

「そんなふうには思っていません。外見も中身もパーフェクトな人よりは、よほど親しみが持てます」

「仮に、オリンピックならぬエロリンピックがあったら、世界の強豪エロンピアンを余裕で抑えて軽く五連覇はできるくらいの変態ですよ？」

「なんにしても、トップクラスの人はすごいと思います」

「……独特な感性の持ち主だと言われませんか？」

「この状況で、高際さんがそれを言いますか？」

「たしかに」

肩をすくめた彼に、社交辞令などではなく、掛け値なしの本心と告げた。

もちろん、驚いたのも本当だ。けれど、人間は多面的なものだし、意外な発見があるから人づきあいは楽しい。そもそも、誰しも思想は自由だろう。

普段はまじめに働いているのだから、問題はない気がした。

それに、善意で自分を助けてくれたのが高際の本性だと思うので、好印象は変わらないままだった。

そう言い添えた悠斗に、頰をゆるめてさらに訊いてこられる。

「きみが考えている以上の、ドエロい妄想をしていても？」

「嫌がる相手にそれを言ったり、実際に行動に移したりして犯罪行為に走りさえしなければいいかと」

「ちなみに、きみには言ってもかまいませんか?」

「別に、いいですけど」

「どこまでも寛大ですね」

楽しみだと微笑まれて、人前では避けるよう注意した。

承知した高際に、悠斗が仕切り直して言う。

「今日は本当に来てくださったんですね。どうもありがとうございます。お待たせしませんでしたか?」

「いえ……って、私的に会ってるんだし、堅苦しい話し方はやめませんか」

「高際さんがよければ、俺はかまいません」

「じゃあ、そうしよう」

フランクな口調へのチェンジに異存はなかった。互いの呼び方も悠斗はそのままだが、彼は『成宮くん』に変更する。

悠斗の目の前にメニューが広げられた。ごく自然に誰かの世話を焼く面倒見のよさは、職業柄なのか、元々の性格なのかと興味がわく。

先回りしてやってくれた高際に礼を述べ、さらに言い添える。

「このカフェの一番のオススメは、絶品のパンケーキだよ」

「へえ」

「料理研究家の滝本光里《たきもとひかり》がプロデュースしたやつが今は推しみたいだけど、コラボ前のも俺は好きだな。どっちもおいしい」

「俺に勧めるくらいだ。きみもそれを頼むのか？」

「頼まないかな」

「なんでだ。食べたいんだろう？」

「まあね。でも、俺には量が多いんだ。食べすぎで満腹発作を起こすのは避けたいから、やめておく」

「残せばいいだろ」

「それはお店にも、調理してくれた人にも、食材の生産者にもすごく失礼な気がする。単純に、俺が食べ切れるものにすればいいだけの話だから、こっちのクレームブリュレを頼むよ」

「……………」

悠斗の返答を聞いた高際が、今度は沈黙した。

珍獣でも見るような目つきでガン見される。さきほど、彼のエロ妄想が露見したときよりも強烈な眼差しに、居心地が悪くなってきた。

やはり、男なのにこの程度の量も食べ切れないのかと呆《あき》れられているのかもしれない。

その手の反応は過去にもあったので、残念だが慣れている。

微苦笑を湛《たた》える間際、不意に高際が訊いてきた。

「食べたことはあるんだよな？」

「え？　…ああ。もちろん」

以前、莉菜と来た際、分け合って食べた。

スイーツは別腹を地で行く彼女は、コラボレーション企画のものと通常のものの二種類のパンケーキをぺろりと平らげた。

両方を分けてもらい、悠斗も自分なりにしっかり食べた。

「知り合いとシェアしたから」

「だったら、今日は俺とシェアすればいいいな」

「！」

まさかの提案に驚きながらも、悠斗が目を輝かせた。

極上のパンケーキが食べられるのがうれしくて、弾んだ声で確かめる。

「いいんだ？」

「よくない理由がない。なんなら、『はい、あ～んして♡♡♡』って語尾にハートマークを複数つける勢いで言って食べさせようか。その際、きみの口の端についたクリームを拭った俺の指をきみに舐《な》めさせるか、俺が舐めるかでいちゃつきながら軽く揉《も》めるのは、いわゆるお約束だ」

「そういうのは憧れなくもないけど、今回は遠慮しとく。でも、パンケーキのシェアはありがとう。で、高際さんはなにが食べたい？」

「いったん話に乗っておいて却下するっていうパターンは初めてだな。問答無用でスルーとか、即座に断るとか、ノリツッコミともちょっと違って対応に迷うが、とりあえずコーヒーだけでいい」

「それじゃあ、お礼にならないよ」

「礼なら、きみのファンタスティックな鎖骨を鼻先五センチの至近距離でガッツリ鑑賞させてくれ。なるべく鼻息は荒くしないよう気をつける」

「変態リクエスト以外で、なにか頼んでほしい」

「涙を呑《の》んで、タッチどころか舐めるのもなしだぞ？」

「うん、ごめん。どれにする？」

さらりと受け流して再び訊くと、高際があっさり折れた。

結局、彼は悠斗とシェアするパンケーキのほかに、クラブサンドイッチを頼んだ。パンケーキはコラボレーション企画前のほうのものだ。

飲み物は悠斗がリンゴとキャラメルのアールグレイ、高際はコーヒーをオーダーした。

そのあと、隣の椅子に置いていた紙袋を手に取って彼に渡す。

「なんだ？」

「借りてたジャンパーだよ。ありがとう」

「わざわざクリーニングに出さなくてもよかったのに」

「そんなわけにもいかないよ」

「……これは？」

中身を確認した高際が、きれいな包装紙でラッピングされた別の包みに気づいて視線を向けてきた。

もうすぐ、本格的な冬がやってくる。外で接客する彼に役立ててもらえたらと、お茶に誘ったのとは別にスヌードを選んでみたのだ。

そうしたくなるくらい、あの日のことを恩に着ていた。

「高際さんの好みじゃないかもしれないけど、ほんの気持ちだから。よかったら、仕事中にでも使ってほしい」

「……開けていいか？」

「どうぞ」

包みをほどいた高際がネイビーのスヌードを手に取った。

黒ずくめの制服と合うような色を考えたと言ったら、苦笑される。

「かえって気を遣わせたな」

「おにぎりのお礼も兼ねてるから、気にしないで」

「とにかく、ありがとう。大事に使わせてもらうとしよう」

「少しは気に入ってもらえた？」

「ああ。店のスタッフに聞き込みをしたか、こっそり俺をストーキングして調べ上げたのかと疑うくらい、俺が一番好きな色をなんで知ってるのかと驚いた」

「どっちもしてないけど」

よかったと安堵を覚えたところに、注文したものが運ばれてきた。

厚みがある二段重ねのパンケーキには、刻んだイチゴとラズベリーとブルーベリーが散りばめられていて、ホイップクリームも相俟《あいま》って魅惑的だ。バターとメープルシロップの香りも食欲をそそる。

早速、シェアしたパンケーキに舌鼓を打った。クラブサンドイッチも一口だけ分けてもらったが、美味だった。

半分ほど食べて休憩を挟み、紅茶を飲みながら悠斗が思わず呟く。

「おいしいって正義だな」

「同感だし、美味《うま》そうでなによりだ。そういえば、その後、体調は？」

「おかげさまで回復したよ」

「あの日以来、ランチタイムに弁当を買いにこなかったのに、そんなことを言われても説得力に欠ける」

「ちゃんと理由があるから」

鋭い突っ込みに苦く笑いつつ、キッチンワゴンに行けなかった事情を説明した。ついでに、高際の身近に喘息患者がいるか確かめてみた。

今は寛解しているが、彼の弟が中学二年生までそうだったと聞いて納得する。

人見知りしない悠斗の性格も手伝い、その後も話が弾んだ。

年齢は三十歳と聞いて、智尚と莉菜くらいだといっそう身近に感じた。

高際の軽妙な会話のノリも影響が大きい。パンケーキを食べ終わる頃には、連絡先を交換するほど打ち解けていた。

家庭環境や、母親の再婚を踏まえて実家を出たばかりということも話す。

樫山親子については、まだ正式な家族にはなっていないので言及しなかった。

「ひとりっ子だって聞いて、成宮くんがマイペースな謎が解けたな」

「そういう高際さんの家族は？」

「両親と弟と妹だ。弟は早々と結婚して二歳になる息子もいる」

「甥《おい》っ子か。可愛《かわい》いだろうね」

「俺を見るたびに嬉々《きき》として雄叫びをあげて、何回引き剝《は》がして下ろしてもジャングルジムばりに肩までよじ登ってきて、髪をぐちゃぐちゃに引っ掻き回して遊ぶワイルドなわんぱく小僧なのに、溺愛してるのはたしかだ。まあ、よその子供に興味はないがな」

幼児のおもちゃになっている高際を思い浮かべて口角を上げた。

長男気質だから面倒見がいいのだなとも納得した悠斗に、彼が話を戻す。

母親と樫山親子同様に、悠斗の一人暮らしに反応したのだ。明らかに不審そうな顔つきで問いかけてくる。

「ひとりで大丈夫なのか？」

「今のところ、だいたい平気かな」

「限りなくグレーゾーンの怪しい回答だな」

「こうして無事でいるんだし、問題ないと思う」

「問題の有無をはっきりさせるためにも、とりあえず、暮らしぶりを正確にレポートしてもらおうか」

「それは……」

先日の件を知っている高際をごまかすのは難しかった。

早々に降参し、母親たちにも隠している事実を正直に話す。

平均して月に二回くらい喘息の発作が起きているが、軽い症状ばかりだ。もし重い発作が起きたとしても、たぶんどうにかなる。

定期的な通院も欠かさず、薬も飲んでいるから大丈夫と強調した。

「そんなに心配いらないよ」

「なんとも危なっかしいやつだな」

どこがと言わんばかりの表情で、溜め息まじりにそう返された。

一ヶ月のうち、八割から九割はなんともないのだ。発作が起きる確率は健康な人が風邪をひいたり、頭痛や腹痛になったりするのと、あまり変わらない。だから、おおげさに騒ぐ必要もないと主張したら、高際が片眉を上げた。

「一理あるが、繊細で神経質そうな見た目によらず、大雑把すぎる。今はまだいいとして、寒い時期になれば、もっと発作が起きやすくなるだろう。誰もいない状況で万が一、手遅れになる事態になったらどうするつもりだ？」

「どうにもならないことを考えても仕方ないよ。なるようにしかならないし」

「悟りを開いたレベルで割り切ってるな」

「この件に関してはそうかも」

「見かけによらない性格は、お互い様ってことだ」

「高際さんのほうがインパクトは強いけど」

それがなにかと動じない彼が、話は変わるがと前置きして、昼以外の食事はどうしているのかと悠斗に訊いてきた。

今度は、独身男性の一人暮らしで食生活が心配になったらしい。

母親と樫山親子以外に、新たな保護者ができたようだと思いながら答える。

「平日の朝食は紅茶だけで、夕食は休みの日につくり置きしてる料理とか、仕事帰りに適当に買ってきた惣菜を食べてる。土日は朝昼兼用で紅茶とパンとヨーグルト、夜はなにか食べたいものをつくるかな」

「料理はするわけか」

「上手くはないけど、困らない程度にはつくれる」

「朝食はいつも抜いてるのか？」

「食欲がある日は、糖分補給も兼ねてフィナンシェとかクッキーを食べる」

「……圧倒的にビタミン類とミネラルが足りてない。そもそも小食なだけに、栄養の偏りが著しく懸念される食生活だな。このままだと、そう遠くない未来に冗談抜きに栄養失調になるか、貧血で倒れかねないぞ」

渋面になった高際が、腕を組んで口を噤《つぐ》んだ。半分以下に減ったコーヒーをじっと見つめたまま、思案に暮れている。

なにをそんな真剣にと笑い飛ばす直前、悠斗に視線を移して口を開く。

「これもなにかの縁ということで、食生活の改善策を考えてみた」

「高際さん？」

「成宮くんには、栄養バランスが取れた弁当を用意して今日から毎晩、七時を目安に家まで届けにいってやろう。その時間にきみが留守だった場合は、ドアノブにかけておくから

受け取ってくれ」

「は⁉」

「即席にしては、きみの栄養管理を含めた健康観察と様子見のために有効な案だろ。当然、昼の弁当とはメニューがかぶらないようにするし、食が細いきみに合わせた量にするから心配はいらない」

「……っ」

想像もしなかった展開に絶句した。

弁当店勤務の高際らしいアイデアだが、夕食用の弁当を毎日、自宅まで届けるだけでもかなりの手間だ。しかも、昼とは違うメニューだなんて大変すぎる。

それ以前に、これ以上、迷惑をかける気はなかった。

まだ呆然としている悠斗をよそに、乗り気の彼がなおも訊いてくる。

「今さらだが、好き嫌いは？」

「え？　あ。ええと、ないけど…」

「いいことだな。アレルギーがある食品は？」

「生《なま》のトマトと桃とブドウ……コショウとか、唐辛子とかの辛いもの、酸味が強いものは、食べるとのどが腫《は》れたり、咳が出たりするから…」

「なるほど」

つい反射的に返した悠斗に、高際がうなずいた。

今後は夕食も充実させるので、昼食はキッチンワゴンで買っても買わなくてもかまわない。なにかしら食べるだけでOKと、話をさくさくと進めていかれる。

ようやく我に返った悠斗がストップをかけた。

「高際さんにそこまで面倒はかけられないよ」

「デザートか夜のおやつ用に、一口パンケーキをつけると言ってもか」

「俺が好きなパンケーキは、このカフェのだし」

「同じ味でつくるに決まってるだろう」

組んでいた腕をほどいて、テーブルに身を乗り出した彼が意味深な笑みを浮かべて断言した。

弁当店の調理担当者に頼むつもりなのか、自信があるようだ。

味覚を頼りに再現するにせよ、オリジナルの味に近づけるのは限界がある。

気持ちはうれしいがと断る間際、つづけられる。

「俺は弁当屋のほかにも、食べ物屋をやってる。偶然だが、ここのパンケーキのレシピも知ってるから、実物がつくれる」

「！」

一瞬ぽかんとなったあと、思い至った結論に双眸を瞬かせた。

まさかと思いながら、なんとなく周囲を憚った小声で悠斗が訊く。

「…つまり、高際さんはキッチンワゴンと弁当店と、このカフェの店長とかじゃなくて、オーナーなわけ？」

「共同経営者もいるがな」

「そうだったんだ」

弁当店に勤める一従業員ではなかったのだ。

もらった名刺には、ＧＲＩＬＬ《グリル》＆《アンド》ＤＩＮＥＲ《ダイナー》　ＣＡＢＩＮ《キャビン》という社名と高際の名前、電話番号とメールアドレス、サイトアドレスが書いてあった。彼の役職は代表取締役だった。

昨今は若くして起業する人が多いので、そのうちのひとりらしい。

参考までに、ほかにも経営する飲食店があれば聞かせてほしいと頼んだ。

ベーカリーや高級焼肉店、悠斗の行きつけのレストランの名前も挙げられた。詳しい仕事の内容は訊ねなかったけれど、有名な人気店ばかりだ。それらの経営者となれば、多忙なのは容易に想像がつく。

高際がやり手の実業家なのはわかったが、今回のこととは話が別だ。これでは礼をしたことにはならなくて、溜め息まじりにぼやく。

「先に言ってくれたらよかったのに」

「弁当屋以外の店も気に入ってるって言われて、うれしかったんだ」

「弁当を買うのと同じで、カフェの売り上げには貢献できたかもしれないけど」

「礼には違いない」

「なんか違う気がする」

「気にするな。もうスヌードをもらった。だいたい、きみを介抱したのは礼をされるためじゃない。…まあ、プライベートで私服で会って、うなじと鎖骨に、デニム越しだが尻を鑑賞できたのは、うれしい誤算だが」

「高際さん」

混ぜ返されて当惑したが、助けてくれた真心に対しては恩返しがしたかった。

恨めしげに高際を睨《にら》んだものの、当人はどこ吹く風といった様子だ。

彼が忙しい身と知った以上、夕食用の弁当プランを受け入れるわけにもいかない。ただでさえ仕事に忙殺されているだろうに、余計な負担はかけられなかった。

かたくなに遠慮する悠斗に、苦く笑った高際が宥《なだ》めるようにつけ加える。

「言い忘れてたが、俺の提案は新メニュー開発のためのモニターとして、弁当を食べて意見を聞かせてもらうっていう意味だぞ。そこまで気兼ねする必要はない。当然ながら期間限定でもあるしな」

「そうなんだ？」

「ああ。モニターは成宮くん以外にも数百人はいる。商品になれば採算も取れるから、代金も取らない。今回の場合は年末までの約三ヶ月の間だ」

「ふうん……」

「弁当を届けるのも、きみひとりにじゃない」

モニター全員にスタッフが手分けして届けるという。悠斗の体調が心配なので、悠斗には高際が届けさせてほしいと頼まれた。

特例ではなく、数百人いるうちの一人だとわかって心が軽くなる。

魅力的な話に心が揺れ始めた。食べることが大好きな悠斗にとっては、むしろ願ってもない申し出だ。

それに、こうまでして自分とかかわろうとされてうれしかった。

家族や医療従事者以外で、具合が悪い悠斗と間近に接して、多少なりとも持て余さない相手は珍しいせいだ。

身内に喘息患者がいて慣れているからにせよ、彼と親しくなりたい想いもある。

おいしいものが食べられる誘惑にも逆らえず、承諾に気持ちが傾いた。

ただし、多忙な高際に届けてもらうのだからと、毎日のところをせめて週二日に減らすことを申し入れる。

ごねられたが、それ以外の日は昼食にキッチンワゴンで弁当を買うと妥協案を出すと、渋々譲歩してくれた。

話し合いの末、火曜日と金曜日に弁当を届けてもらうことになった。

自宅の住所を教えたあと、悠斗がそうだと切り出す。

「今度は、高際さんとは関係ない店でちゃんとごちそうさせてほしい」

「きみも頑固だな。まだ食い下がるか」

「まあね」

「察するに、弁当の礼を兼ねてデートの仕切り直しか」

「うん。次は食事かな。ランチデート、ディナーデート、どっちでもいいけど」

高際の軽口はあながち間違いではなかったので、軽くうなずいた。

仕事の一環とはいえ、忙しい合間を縫って弁当を届けてくれるのだ。スヌードやお茶以外でも感謝を形にしたかった。

どちらにするか訊く寸前、真顔になった彼が声をひそめて言う。

「今回はともかく、ゲイの俺をまた誘うなんて勇気があるな」

「！」

突然すぎるカミングアウトに瞠目《どうもく》した。

隠れ変態につづく多面ぶりだ。同性の自分に対する妄想がエロティックだったのも、これで得心がいった。介抱してくれた前回のナンパ発言も腑《ふ》に落ちる。

実のところ悠斗もゲイだが、確信を持ったのは高校生の頃だ。

マイノリティな性的指向に悩んだものの、生来のポジティブ思考で乗り越えた。

母の理解も精神的な救いになったけれど、孫の顔を見せてやれないことは後ろめたかった。樫山親子が素晴らしい人たちなのはもちろんながら、それも再婚に積極的に賛成した理由だ。

セクシュアリティは自覚ずみでも、同類を感知できるほどの恋愛経験はない。

憧れの感情は抱いても、誰かとつきあったことはなかった。

好意を抱く相手がゲイとは限らず、慎重に振る舞ってきた結果だ。

高際の意図は不明だが、勇敢な発言に敬意を表して応じる。

「高際さんがどんなセクシュアリティでも誘うよ」

「きみも同類だからか？」

「……」

やはり看破《かんぱ》されていたと苦笑を湛えた。

恋愛経験が豊富そうな彼だけに、さもありなんだ。

これほどの美形なら、絶対に周りが放っておかないだろう。恋人やパートナーがいても、全然おかしくない。

さすがに恋愛話に切り込むほどまだ親しくはないので、訊くのは控えた。

小さくうなずきを返すと同時に、悠斗が言い添える。

「お互い、そうじゃなかったとしてもかな。友達だと思うし」

「いかにも、きまじめなきみらしい答えだな」

「友達発言が図々しかったなら、知り合い以上、友達未満で」

「そういじけるな。試すような真似《まね》をして悪かった」

長い腕を伸ばしてきた高際が、悠斗の髪を撫でて笑った。

不意打ちのスキンシップも別段、嫌ではない。

拗《す》ねてもいなかったけれど、彼のまとう気配が和《やわ》らいでホッとした。引っ込んでいく手を目で追いながら、つられて微笑む。

「いいけど、友達っていう認識でいいのかな」

「友達にもいろんな定義があるが、ここは恋人になるのを前提とした交際の意味で、『まずは友達からよろしく♡』的な感じか」

「冗談もほどほどに」

「きみのことを気に入ったのは本当だぞ」

「それはうれしいし、ありがとう。で、さっきの質問の返事は?」

「じゃあ、ディナーデートにするか。日時は未定だが」

「予定がわかったら知らせてよ。場所は一緒に決めよう」

「了解」

これ以降、高際との友達づきあいが始まった。

翌週の火曜日の十九時には、最初の弁当が届けられた。蓋《ふた》を開けると、中にはメインの和風おろしハンバーグのほかにキャロットラペ、ピーマンとタケノコの炒《いた》め物、かぼちゃサラダ、鮭とワカメの混ぜごはん、四分の一にカットされた柿も入っていた。

全体的な量もちょうどよかった。別の容器には一口パンケーキもあり、これはモニターの特典らしい。

キッチンワゴンの弁当と同等においしくて、満足感たっぷりで平らげた。

昼夜どちらの弁当の感想も伝えたいが、メールでは長くなる。電話は彼の都合もあるので簡単にはできず困った。

そんなとき、メールでのなにげないやりとりで、高際が休憩時間に弁当を届けにきていると知った。

どうせなら一緒に夕食を食べようと悠斗が言ったら、快諾された。

翌週の火曜日から、高際は弁当をふたつ持ってくるようになった。

そして、金曜日の今日も部屋に彼を招き入れて、リビングの硝子《ガラス》のローテーブルでラグマットの上に向かい合わせに座っている。

せめてもとばかりに、飲み物は悠斗が提供していた。

「高際さんはなにを飲む？」

「そうだな。盛大に顔をしかめた成宮くんからキモいと罵倒されるか、虫けらを見るようなブリザード級の冷たくも軽蔑に満ちた眼差しを送られるのを覚悟して言うと、きみの体液を頼みたい」

「斬新なオーダーだけど、それはコップ一杯分も出ないはずだし、成分的に水分補給には不向きだと思う。俺の精神衛生上も微妙だから、別のものにしてくれるかな」

「今日も冷静な分析と、ノリツッコミならぬ、新ジャンルのノリスルーの対応が冴《さ》え渡ってるな」

「エロ妄想にちなんだあなたのコメントも大概だよ」

「心の声は大きめだと自己申告したはずだ」

「最近はミュートが機能してないし」

「きみの許可は取ったんで、友情の証《あかし》に、他人様にはむやみに披露できないディープな本音に俺独自のアレンジを加えた特濃印のエロい妄想や願望を中心に、特別大サービスで日常的にお届けしてる」

「おもしろいけど、友情は別の方法で示してほしいかも」

「善処しよう。欲しがりな成宮くんも悪くない」

接客業で培ったのだろう。話しぶりもなめらかな高際の話は八割がエロトークと言っても過言ではなかった。

残る二割も脱線しがちなコメディ寄りのせいで、本心が摑みにくい。

一方で、コミュニケーション能力が高い彼は博識で、話していて楽しかった。どんな客とも話を合わせられるだけはあると感服する。

大きめだという心の声はダダ漏れで、通常の会話との区別は今やなかった。

メールや電話でも同様で戸惑うこともあるが、悪気はないとわかっている。

打てば響くような高際独特のテンポもあり、逞《たくま》しい想像力をおもしろがっていた。

それでも、隙あらば口説くようなことを言われて困惑した。冗談だと思って、すべて受け流していた。

再度、リクエストを促すと、なにか熱い飲み物と言われてうなずく。

仕事中という以前に、車で来ている彼にアルコールは出せない。車はマンションの来客用駐車場に駐車してもらっていた。

男の一人暮らしにしては、悠斗の自宅は飲み物の品ぞろえがいい。

紅茶の茶葉は十種類以上で、コーヒーに炭酸飲料、数種類の緑茶、ウーロン茶、麦茶、ほうじ茶、ハーブティー、アップルジュースなどがある。

アルコールは悠斗は飲まないが、母親や樫山親子が訪れたとき用に、ビールやワインがあった。

緑茶でいいか訊ねると、了解された。準備する間も、リビングと対面式のキッチンからラグマットで胡座《あぐら》をかいている高際が見えた。

淡いラベンダー色のYシャツにグレーのスーツを着て、片手で濃紺のネクタイをゆるめている。

彼のスーツ姿を見るのはこれで四回目だった。

会社から帰宅後、悠斗は部屋着に着替えていた。オフホワイトの長袖カットソーにダークブラウンのボトムというスタイルだ。

弁当を電子レンジで温め、ローテーブルに持っていった。

緑茶を注いだマグカップも運んでいき、腰を下ろしてから言う。

「抹茶入りの玄米茶にしてみた」

「成宮くんみたいに、いい香りだな」

「俺はこんなに香ばしいにおいはしないよ」

「単なるたとえだ。姫抱きは一度しかしてないし、しっかりと抱きしめたことはないから確信は持てないが、現時点での俺の嗅覚を信じるなら、きみは思わず抱きしめたくなるような淡いフローラルな香りがする」

「シャンプーもボディーソープも、無香料なのにな」

「きみ自身の体臭が花の香りなんだろう。確認のために、素肌に顔を埋《うず》めさせてくれるか。

手首でもいいが、できれば首筋を強く希望する」

「嫌かな。それはそうと、ウチに来るときはスーツなんだね」

「断り方はソフトだが、本性はドSちっくか」

「会議に出たとか?」

「いや。取引先に行ったあと、オフィスにいたからだ」

あっさり引き下がった高際が、悪ふざけを切り上げて返してくれた。

オフィスに出勤するときはスーツらしい。週に一、二回出社し、残りの日は系列店のどこかにいるため、各店舗の制服を着ている。

現在は主に、起《た》ち上げて一年あまりの弁当店にいるそうだ。

弁当箱の蓋を開けた悠斗が思わず声をあげた。

「うわ! 今日もおいしそうだ」

「俺を見てそう言ってくれたら、心も股間も弾むんだがな」

「弁当に対する台詞《せりふ》に決まってる。それはさておき、これは確実においしいやつだよ」

「見ただけでわかるとは思えないが、まあ食べろ」

「どれもおいしいに違いないから、なにから食べるか迷う」

高際いわく、おかずはメインのシューマイを二個、副菜にヒジキの煮物、なす田楽《でんがく》、こんにゃくの鰹煮《かつおに》、里芋のサラダが入っているという。

シューマイの皮は油揚げで、具は挽肉《ひきにく》のほかにシイタケとレンコンとニンジンとキクラゲ入りだとか。

ごはんはサツマイモのごはん、ビタミン補給にとキウイの輪切りと四分の一にカットされたリンゴも入っていた。

相変わらず野菜が多くて彩りがいい上に、凝ったメニューに舌を巻く。

いただきますと手を合わせて箸を取り、まずはシューマイを口に運んだ。

かじりついた瞬間、口内に肉汁が溢れてきた。

「っん……すっごくジューシー！　それに、レンコンがシャキシャキしてる。シイタケの旨味《うまみ》もいい感じに出てて、シューマイの皮がわりの油揚げも違和感ないし、めちゃくちゃおいしい！」

「食レポが上手いな。しかも、口にものを入れたままじゃなく、呑み込んでから話すところに行儀のよさを感じる。一口の量も少なめで、咀嚼《そしやく》の仕方も品がある。食べ方がきれいなんで、つい動画を撮りたくなるな」

「どうせ撮るなら、俺よりこのシューマイのほうが映《ば》えるし、これ、絶対に商品化したほうがいいよ」

「そうか。前向きに検討しよう」

「ほかのモニターの人たちの反応はどう？」

「ああ……まずまずといったところか」

「だろうね。特に、女性受けすると思う。もう少し大ぶりにして、単品で売ってもいいかもしれない」

「食べ応えが出て、男性客も満足するか。そっちのほうは路面店向きだな」

「このサイズで、キッチンワゴンでも弁当に入れてほしい」

「かなり気に入ったらしいな」

「うん」

即答した悠斗に、満更でもない表情を浮かべた高際も食べ始めた。

その後も、味の感想を直接、伝える。本来は専用の用紙に書き込むらしいが、悠斗は変則的で対面ながら、モニターとしての役目を果たしたかった。

彼の店の味つけは悠斗の好みで、どれもおいしいからほとんどが賛辞だ。

メニュー開発を兼ねると言ったとおり、献立はすべて新しいものだった。高際も案を出すと聞き、毎回、四～五種類はあるので、よく思いつくなと脱帽する。

考えるのは苦ではないのか訊いたら、気分転換になると言われた。

食べ終わって少し経つと、腰を上げた彼をいつものように玄関まで見送りにいく。

「ごちそうさま。今日も本当においしかった。ありがとう」

「こっちこそ、お茶、美味かった」

「なんかリクエストがあったら言ってよ。次までにそろえとく。変なものはなしで」

「変なものってなんだ？」

「高際さんが今、考えてるようなことかな」

「うまく逃げたな」

「なんとでも。じゃあ、このあとも仕事、頑張って……って、その広げた両腕はなに？」

「別れのハグをしてほしいなら、遠慮はいらない。どんと来いって意味だ」

「行かないから、おかまいなく」

「本当はおかまわれたいはずだ。なにしろ、一人暮らし初心者で、ひとりの生活に慣れて落ち着いてきたのはいいが、そろそろ寂しさを覚え始めてホームシックになったり、誰かの気配が恋しくなってきたりしてる頃だろう。そのくせ、強がってるんだな。なんともいじらしいが、照れなくてもいいぞ。ほら、来い」

「なにげに当たってるのが困るけど、気持ちだけ受け取っておくよ」

「気が変わったら、いつでも抱いてやる」

「そこで、『ハグしてやる』を『抱いてやる』ってわざと言い間違えて、俺の反応を待たなかったら考える余地もあるのに」

「察しがよすぎるのも、つまらないな」

思惑を見破られても悪びれないところは、高際らしかった。

双眸を細めて言ったあと、靴を履いて『また来週』と告げて出ていく長身を、悠斗も笑顔で見送った。


「集中力が切れてきたな」

低く呟いて、高際はパソコンの画面から視線を外した。

本来なら弁当店に直行する日だったが、今朝《けさ》、緊急で呼び出されたのだ。

突発的な問題が起き、その後始末に十四時近くまでかかった。

それから店舗に出向いてもよかったものの、どうせ出社したのだしと、デスクワークに励んでいる。

椅子の背にもたれて、両腕を上げて大きく伸びをした。

頭も前後左右にゆっくりと傾け、凝り固まった首をほぐす。右肩を回していると、コーヒーが入ったマグカップがおもむろにデスクに置かれた。

穏やかな声がねぎらいの言葉をかけてくる。

「お疲れ、高際。砂糖を少し入れておいたが、よかったか？」

「ああ。疲れた脳に糖分でもぶち込まないと、これ以上のデスクワークはやってられないし、ちょうどのども渇いたと思ってたところなんで、絶妙のタイミングだ。さすがだな。ありがとう」

「いや」

デスクの脇に、白いYシャツにペーズリー柄の焦げ茶色のネクタイを締め、ベージュの三つ揃いのスーツを着た笹岡征英《ささおかまさひで》が立っていた。

高際は水色のYシャツにレジメンタルタイを締めたネイビーブルーのスーツ姿だ。怜悧《れいり》で優しそうな甘い顔立ちの笹岡は温厚な性格だが、言いにくいことを笑顔でさくっと指摘する。そのせいか、仕事関係者や社員の一部からは恐れられているらしい。

彼と普通に激論を交わす高際は慣れているので平気だった。

大学の親友で共同経営者の笹岡と大学在学中に飲食チェーンGRILL&DINER《グリルアンドダイナー》CABIN《キャビン》を起業してから、今年で九年目になる。

事業を始めて間もなく経営は軌道に乗り、業績は堅調だった。

丸《まる》の内《うち》にあるビルの三階のワンフロアがオフィスだ。

応接室に会議室、大型冷蔵庫をはじめ、オーブン機能つきの電子レンジ、IHクッキングヒーターなど料理づくりに必要な家電がそろった給湯室がわりのキッチンはあるが、社長室はなかった。

パーティションなどの区切りもなく、社員と同じ空間にデスクを並べている。

笹岡と高際のデスクは窓を背にした横並びだ。自分たちの前に社員のデスクがあり、オフィス内を一望できた。

おかげで風通しがいいらしく、社内の雰囲気はかなりよかった。

経営戦略は二人で練るものの、財務と人事は笹岡に概ね任せている。高際は元々の料理好きと調理師免許所持もあり、現場に顔を出して厨房《ちゅうぼう》やホールを手伝いながら実情把握に務めることが多かった。

自分とは正反対で、笹岡はオフィスに常駐している。現場に出る機会はほとんどなく、出たとしても視察だ。

決断力と分析力に優れた彼はマーケティングも得意で、頼りになる相棒だった。

香りを堪能しつつコーヒーを一口飲み、ひと息つく。

「けっこうクセが強めだが、美味いな」

「カフェで使えるかどうか味見を兼ねて、試しに仕入れた豆を碾《ひ》いて煎《い》れた。どう？」

「俺はいけるが、万人受けするかは微妙だな。評価が分かれそうだ。カフェ向きじゃなく、通好みの喫茶店で出すならアリだろう。おまえみたいなコーヒー変態がぞろぞろと飲みにくるのは間違いない」

「せめて、コーヒーマニアと言ってほしいな。でも、やっぱりウチで扱うのは難しいか」

溜め息をついた笹岡に、せっせとオフィスで飲めと笑った。

高際の料理好きは家庭環境に基づく。父方の曾祖母が創業し、現在は都内に五店舗を構える老舗《しにせ》の美容サロンが高際家の家業だ。ヘアケア製品や化粧品関連のブランドも展開していて、そちらは世界的にも有名だった。

美容師資格を持ち、社長と副社長を務める両親は多忙を極める。

現役の美容師の祖父母も同様に忙しく、母方の祖父母は九州在住で孫の面倒はみられなかった。

両親と祖父母がほとんど家にいなくて寂しかったが、彼らの大変さもわかっていたから、変にひねくれずに育った。

弟妹と帰りが遅い両親のために、進んで料理をつくったのが始まりだ。

失敗を繰り返しながらも腕を磨いた。やがて、小学校高学年ではクリスマスにローストチキンを焼き、正月にはおせち料理を三段重に詰め、バレンタインデーにはガトーショコラをホールでつくり、家族の誕生日にはそれぞれが好きなケーキを焼き上げるほどの腕前になっていた。

将来は料理関係の仕事がしたいと思ったのも、わりと早かった。

両親も賛成し、応援してくれた。家業は弟と妹が継ぐので問題ない。

高校生の頃から起業するまで、いくつかの飲食店で修業を兼ねたアルバイトもした。その成果か、和洋中ひととおりはなんでもつくれる。

飲食店経営のノウハウも実地で学んだ。とはいえ、大学は経営学部に進み、きちんと知識も身につけた。

同じゼミで知り合ったのが笹岡だった。席が隣になったのがきっかけで話し、食事に行くことになり、食の好みが合うとわかった。しかも、セクシュアリティが彼もゲイと知り、さらに親しくなって今に至る。

高際のモットーは『おいしいものは人を幸せにする』だ。

とにかく、食事で誰かを喜ばせたい。客がおいしそうに食べているところや、満足そうな笑顔で帰っていく姿を見るのが楽しかった。

料理をつくって家族に喜ばれた経験が原点といえる。

昨年、高際の発案で始めた野菜料理のテイクアウト専門店VEGE《ベジ》 DELI《デリ》でも、幸いにもそれが叶《かな》っていた。

当初、新規事業を成功させるため、十一時三十分〜十四時のランチタイムに宣伝を兼ねてオフィス街にキッチンワゴンで販売に行ったことも功を奏した。

SNSで評判になり、今ではありがたくも毎日のように行列ができる。用意している三百食が常に売り切れていた。

早いときには、十四時を待たずに完売になる。

主に、車外で人の整理とオーダー受付をするのが高際の担当だ。

店舗でつくったほぼ調理ずみの料理をキッチンワゴンに積んでいき、オーダーを受けて当日のメイン料理と数種類の副菜、保温器に入っているその日のごはんを盛りつけて提供する。

三人体制を取っているが、キッチンワゴンの中はランチタイムは目が回るような忙しさながら、うれしい悲鳴だった。

新橋に開いた路面店も、弁当の売れ行きは好調だ。

キッチンワゴンにはない麺類を目当てに、キッチンワゴンの常連客も訪れる。

宣伝で始めたキッチンワゴンのほうも売り上げがいいので、期間限定で続行が決まった。さらに、支店のオープンも検討中だ。

コーヒーを飲み進める高際に、笹岡が話題を変えた。

「そうだ。業者の対応、ご苦労さん。反応はどうだった?」

「どこも穏便にすませてくれた」

「持ちつ持たれつの業界だからね」

午前中から昼過ぎまでやっていた業務は、ミスの事後処理だった。

昨年、カフェ部門で展開して大ヒットした企画の第三弾にかかわるものだ。その試作品づくりの材料を仮発注でいいところを、企画をプロデュースしている料理研究家の滝本光里の手違いで本発注をかけてしまったのだ。

今朝、たまたま普段より早めに出社した笹岡がそのミスに気づいた。

緊急コールを受けて出社し、手分けして関係各所に連絡を入れた。途中から、笹岡は訪れた滝本の相手に回った。

業者のひとりがなかなか捕まらず、高際はかなりの時間を費やした。食材だけに、発注されたらむだになりかねない。

フードロスが問題になっている昨今、会社の理念的にも、それは許されなかった。

ようやく話がついたときには、十三時を回っていたという顚末《てんまつ》だ。

打ち合わせに訪れていた滝本からも、笹岡経由で謝られた。

結局、打ち合わせは明日の十時に延期になった。

「笹岡も彼の相手、ご苦労さん」

「僕的にはものすごく楽しめたから、苦労は全然なかったよ」

「だったらいいが」

「ああ、そうだ。滝本氏から謝罪のほかに『いつも本当にありがとう』っていう伝言もあずかってた」

「まったく話せなかったからな。あとでメールでもしておく」

「よろしく」

微笑んだ笹岡が自らのデスクに戻り、高際も中断していた仕事を再開する。

やることはたくさんあって、粛々《しゅくしゅく》と片づけていった。

目が疲れてきたタイミングで休憩を挟む。卓上カレンダーが視界に入り、日付はともかく今日は木曜日かと思った。

デスク上に置いていたスマートフォンの着信ランプが点滅しているのに気がつく。手に取ってみると、メッセージがきていた。送り主に頬をゆるめる。

朝からオフィスにいてキッチンワゴンで出かけていないため、悠斗と会っていなかった。夕食の弁当を届ける日でもないので、丸一日顔を合わせないことになる。

意図せずできた年下の新しい友人とのつきあいを、高際は楽しんでいた。

弁当を届けにいき始めて、一ヶ月あまりが経つ。

キッチンワゴンの常連客の悠斗とは、顔見知りでしかなかった。

職業柄、彼の態度の端々から滲《にじ》み出る好青年ぶりはわかっていた。

ほぼ毎日来ているのに、メニューを選ぶときや待っているときに毎回、醸し出されるウキウキした雰囲気が微笑ましかった。

繊細に整った容貌も相俟って、悠斗のことは早々に覚えていた。

彼が弁当を買いにくるのを密《ひそ》かに楽しみにしていたほどだ。

センシティブで儚げな容貌の悠斗が喘息を患っているのは、いかにもだった。

具合を悪くした際の介抱で話すうちにセクシュアリティにも気づき、より親身になったのも否めない。

知り合ってみたら、実際の悠斗は律儀で肝が据わっていて潔かった。食に対する興味も自分と同じく人一倍ある。

キャパシティも大きくおおらかで、頭の回転も速かった。

高際の妄想癖を知っても、動じずに受け入れた。

エロトーク全開の自分との会話を鬱陶しがったり、変態だからつきあいをやめたりする素振りもなかった。

高際のエロ妄想を聞いた大抵の者は性別を問わず、紳士的なルックスとのギャップがありすぎると眉をひそめる。

話すと台無しだと、真顔で文句も言われた。もしくは、口にしたエロ妄想を真に受けられて厄介なことになる。

または、バックグラウンドや高際自身の実業家としての立場にも目の色を変えられて、なんにせようんざりした。

つきあったにしろ、ついていけないと別れを切り出されて大抵は長続きしない。

昔からずっとその調子なので、饒舌《じょうぜつ》なわりに本心は隠すようになった。

家族以外では、笹岡くらい親しい相手でなければ、見破られることはない。

見た目の印象を勝手に押しつけられても困るし、これが自分だ。今後も変えるつもりはなかった。

十年ほど前からは、逆手に取って人を見定める手段にしていた。

親しくなりたい相手には、変態ぶりを早い段階で披露する。そのときの反応で、つきあい方を決めるのだ。

誰よりもスムーズに高際を受け入れた悠斗は興味深かった。

けっこうエロ発言をしているが、呆れもせず、愉快がっているふしが見て取れる。

なにを言っても受け止める鷹揚《おうよう》さは、六歳も年下とは思えないほどだ。

体調面については、大胆さが裏目に出て無頓着な向きがあった。こちらがなにかとハラハラさせられる。

先週の金曜日も、弁当を届けにいってすぐに彼が発作を起こした。

十一月も下旬にさしかかり、朝晩は冷え込むようになってきた。身体のほうがまだそれに慣れていないせいだろう。

キッチンのシンクで見守りながら、吸入薬をどうにか服用させた。うがいをすませた細い肩を抱き、寄り添ってリビングに移動した。

ソファに俯《うつぶ》せで、ゆっくりともたれかかるような体勢を取らせた。

先日もそうだったが、弟以来の約十年ぶりの介抱はなんだか懐かしかった。

上体を乗せたクッションに片頬をついた悠斗が、そばに座った高際を見つめてくる。

なにかしてほしいことがあるのかと訊ねる間際、蒼白《そうはく》な顔色で途切れがちに言われた。

「…ごめん……あ。違った。ありがとう…」

「気にしないで甘えておけ。クッションをまだ高くするか？　もし痰《たん》がのどに絡んでるなら、水を持ってくるぞ？　それ以外でも、要望があれば、なんでも言っていい。全力で叶えてやる」

「大丈夫…でも、せっかく……っ」

言葉の途中、彼が口元に片手を当てて、ひどく咳き込んだ。

薬が効いてくるまでに、多少は時間がかかる。そもそも、呼吸器疾患の人は日頃から、酸素を取り込むために健常者よりもカロリーを消費していて疲れやすいとか。そうなれば、発作時はさらに体力を消耗することになる。

胸を喘《あえ》がせて浅い呼吸を繰り返す悠斗に、高際が言った。

「もう話すな。こんなときに不謹慎にも、成宮くんの荒い息が喘ぎ声に聞こえて色っぽいと思ってたりする俺に呼吸音を聞かれたくないっていうんなら、朝起きてから今までの俺の行動を覚えてる限り、詳細な解説つきで、そのときどきの脳内エロ妄想も交えて読経レベルに絶え間なくノンストップで話してやるから、それをBGMに大事を取ってろ」

「それも…楽しそうだけど……せっかくの、おいしい、弁当を……食べたかった」

「この状況で気にするのはそこか。さすがは、おいしいものは少しだけでもいただきたい派で、食べることが好きな成宮くんだけはある」

「……うん」

「きみは想像以上に食いしん坊だよな。だいたい、そんなに悔しがらなくたって、あとで食べられるだろう」

「そうだけど…」

「察するに、できるだけつくりたてに近い状況で食べたいわけか。その気持ちはわかるが、弁当に入れることを念頭に基本的には冷めてもおいしいものをつくってるから、それほどこだわらなくてもいいと思うぞ」

「…まあね」

心底、無念がっている悠斗に、思わず笑ってしまった。

いったん発作が起こると、食欲がなくなるらしい。個人差はあるにせよ、彼の場合は数時間から一日程度で徐々に食欲は戻るそうだ。

これで食に関心がなかったら、小食な分、身体が持たないだろう。

華奢《きゃしゃ》とまではいかないが、現状もかなりスレンダーな体格だ。これ以上、体重が落ちるのは避けたほうがいいだろう。

そんな悠斗だけに、高際が届ける弁当を毎回おいしそうな表情で食べる。熱心に感想を伝えてくれる様子にもほっこりした。

「俺にかまわず……高際さんは、食べてよ」

「今を逃すと夕飯を食べる時間を取れないんで厚意に甘えさせてもらうが、弁当の香りを嗅いだ成宮くんが気持ち悪くならないかが心配だ。もちろん、具合が悪くなったら手厚く介抱してやるが」

「…おいしい、香りだから、たぶん……平気…」

「じゃあ、お言葉に甘えて食べさせてもらおうか」

「どうぞ…」

懸念した体調悪化はなく、薬が効いてきた悠斗は高際がいる間に少しずつ回復した。

この翌朝、空になった弁当箱が写った写真とともに、『ごちそうさま。朝ごはんにしたよ。感想は後日』というメールが送られてきた。

昨夜、夕食を抜いたので空腹だったのだろう。普段、朝食は紅茶だけの彼が珍しく、朝から食べたようだ。

食べ物を残すことをよしとしない感覚は、自分とよく似ていた。

悠斗には秘密だが、実のところモニターの件はつくり話だった。弁当も調理スタッフではなく、高際が考えてつくっている。

オフィス内にあるキッチンを使っていた。ここ一ヶ月ほどは、彼の弁当をつくるために火曜日と金曜日はオフィスに出勤している。

必然的に、悠斗の自宅に行くときはスーツになる理由だ。

前日の夜にメニューを決めて、出社前にスーパーに寄って必要なものを買っていく。仕事の合間に米を炊き、食材の下拵《したごしら》えをして、十八時までにはすべてを仕上げる。残った分は笹岡が引き受けてくれた。

彼のためにつくった弁当のメニューが、いくつか商品化されることになったのは嘘《うそ》から出た実《まこと》だ。

試食した笹岡がゴーサインを出した。悠斗が推していた油揚げの皮のシューマイも、その中に入っている。

高際を慮《おもんぱか》って気兼ねする彼を説得するために、咄嗟に偽った。

栄養バランスの偏りや体調が心配なのも本当だったが、あのとき、自らが食べたいものを我慢してまで、店とシェフと生産者のことを思いやって注文しようとした姿勢に心を動かされた。

価値観や感性にも共通点がある悠斗に、弁当をつくって届けたいと思った。

食生活を充実させて、健康な身体づくりを手伝ってやりたい気持ちも確かだ。苦しそうな姿を見たため、つい過保護になってしまうのも否めない。

キッチンワゴン以外で個人的に会って話したい思いも多分にあった。モニター期間も、親しくなるには三ヶ月弱もあれば充分だろうと設定した。

高際の素顔を知っても、態度を変えなかった点も印象深い。

名刺に記された肩書きに驚きはしたものの、たいして関心は示さなかった。あの分だと、家業について話しても同じだろう。

受け取り方によっては、無関心と映るかもしれない。それでも、他者に対する彼の心理的な距離感が高際には心地よかった。

持病があるのに依存心が低く、自分で頑張ろうとする様も清々《すがすが》しい。

悠斗に抱いている感情が友情か愛情になるかは、まだわからなかった。

どちらになろうと、大切な存在になる予感はある。

半年あまり前から高際はフリーながら、彼はどうかも一応は要確認だ。

清純な雰囲気だが、エロトークにも笑顔で応じる動じなさが百戦錬磨のようで、判断が難しかった。

恋人がいる気配はないし、自宅にそれらしき痕跡もない。

ストレートに訊いて変に距離を置かれるのは避けたくて、タイミングを計っていた。

とりあえず、今は悠斗と過ごす時間を楽しむつもりだった。

「そのうち、夕食の弁当を届ける回数も毎日に増やしてやる」

小声で呟いて、周囲には気づかれないくらいに口角を小さく上げた。

多忙な中での弁当づくりも、まったく苦にならない。むしろ、一緒に弁当を食べるところまでを含めて、息抜きになっていた。

彼の喜ぶ顔を見たさにつくっているようなものだ。

「そういえば……」

時間が取れず、約束したきりでディナーデートに行けていないのを思い出す。

パソコンのスケジュール表を眺め、明後日の土曜日は夕方から空いていると確認した。

早速、悠斗を誘うべく、きていたメッセージに用件を書いて返す。

もし忘れられていても、彼の都合さえよければ、新たに誘えばいいだけだ。

仕事中とあってか、さすがに即レスはなかった。高際もスマートフォンを置き、デスクワークに戻った。

次に集中力が途切れたのは、二時間後の十七時過ぎだ。

悠斗から承諾の返事がきていて、双眸を細める。

明日、弁当を届けにいったときに詳細を決めようと返信する。今度は即レスで『なにが食べたいか考えとく』と返ってきた。

玲瓏《れいろう》な彼の声を今日は聞いていない。電話したいと無意識に思った自分に苦笑しつつ、その衝動を堪えてパソコンに向かった。

「あのシューマイが商品化されるんだ?」

「ああ」

「もっとたくさんの人に食べてもらわないと、もったいないと思ってたからよかった」

うれしい報告に、悠斗は顔をほころばせた。

正面に座る高際がうなずいて、持っていた赤ワインが入ったグラスを口につける。早ければ、今冬中にキッチンワゴンと弁当店の両方で販売を開始するらしかった。

今夜は、新宿の外資系ホテルの中にあるイタリアンのレストランを訪れていた。

昨日、話し合い、二人とも好きなイタリア人シェフが営む店に来ている。

高際に食事をごちそうするという約束を、ようやく果たせた形だ。

マスタードイエローのクルーネックニットにネイビーのテーラードジャケット、同色系のテーパードパンツを合わせた彼はスタイリッシュだった。

悠斗のほうは、ブルーのオックスフォードシャツに黒のスキニーパンツ、グレーのノーカラージャケットというスタイルだ。

食事はおいしいし、いつもどおり会話も弾んで楽しい時間を過ごしていた。

料理はそれぞれがコースを頼んでいる。

悠斗は前菜、ワタリガニとキノコのトマトソースパスタ、デザートのティラミスで三品だが、彼は前菜、自家製ベーコンのカルボナーラ、フレッシュトマトとバジルのピザ、デザートのパンナコッタで一品多かった。

スローペースで食べる自分とは違い、先にデザートまで食べ終えた高際が悠斗を見遣って言う。

「ウチの店以外の料理を幸せそうに食べてるきみを見るのは、目の前で堂々と浮気されてる気がして複雑だな。だが、たまに愛人を味わうからこそ本命のよさが際立つと考えれば、マンネリ防止も兼ねてそう悪いことでもないと許すべきか悩ましい」

「発想が飛躍しすぎかな。それに、俺は浮気はしないよ」

「奇遇だな。俺もしない主義だ。そもそも、独占欲が強めで嫉妬深い性質《たち》なんで、浮気なんて言語道断だし、恋人はかまいまくって際限なく甘やかして、よそ見なんかさせる暇を与えない勢いで囲い込むし、可能なら四六時中べったりしたいタイプだからな」

「なんか、高際さんていちいち元気だ」

「なんとも淡泊な感想だな」

拍子抜けしたような表情で、苦く笑われた。

ティラミスは少し休んでから食べるつもりでいると、彼がレストルームに立った。その間に支払いをすませようとスタッフを呼ぶ。

クレジットカードをあずけて会計を待つ間、視界に人影が入った。

もうスタッフが戻ってきたのかと視線を向けたら、テーブルのそばにすらりとした青年がいた。

グレージュのセットアップに、チャコールグレーのバンドカラーシャツを合わせた、流行をおさえたワントーンコーデだ。黒縁の眼鏡もかけている。

誰だろうと首をかしげ、どこかで見たことがある顔だと記憶をたどる。

ほどなく、テレビや雑誌に出ている料理研究家の滝本光里だと思い至った。

眼鏡のせいで、いつもとはかなり違って見える。もしかすると、変装の意図もあるのかもしれなかった。

それでも、ゴージャスで知的な美貌は実物のほうが際立っている。

悠斗とは別方向に視線を向けたまま、滝本が呟いた。

「まさか、今日も会えるなんて思ってなかった。後ろ姿しか見えてなかったけど、やっぱり恭貴さんだったんだ」

「！」

突然、高際のことを口にした滝本に双眸を瞠《みは》る。高際と滝本の職業を考えれば、互いが知り合いでも不思議はないと思い直した。

下の名前で呼ぶほど、著名人の滝本と親しいとは意外だった。

以前、高際が経営するカフェで滝本の名前を出した際も、なにも言っていなかった。

雄弁でいて案外、口は堅いらしい。仕事上のつきあいだけにしろ、有名人と交流があったら吹聴しそうなものだが、秘密は守るタイプのようだ。

高際の新たな一面にも、なんとなく好感を抱いた。

悠斗を訝しそうに見遣ってきた滝本が、抑えた声で訊ねてくる。

「失礼だけど、あなたは誰？　恭貴さんとは、どんな関係？　彼の会社の人？」

「……」

落ち着いた声色だが、さきほどの独り言とは打って変わった硬さがあった。どことなく、不審感と焦燥感も滲ませている。

自分だけ座って話すのも失礼に思えて、席を立って答える。

「成宮と申します。高際さんとは友人ですが、会社関係者ではありません」

「そう。よかった。浮気相手だったらどうしようって、めちゃくちゃ焦った」

「……え？」

ひどく安心したような表情で返されて、悠斗は微《かす》かに眉をひそめた。

浮気の話題を高際としていただけに、タイムリーすぎる。

それはともかくと、滝本の返事を脳内で何度もリピートした。内容からして、彼はゲイなのかとまず驚く。

そう仮定すると、高際と自分の仲を疑ったということは、滝本と高際が恋人関係にあることになる。

　まるで悠斗の思考を読んだように、彼が少し慌てた様子で言った。

「あっ！　えっとね、その……今のはオフレコでお願いできる？」

「…もちろんです」

「ありがと。なんか、ひとりでテンパっちゃって恥ずかしい」

「そんなことはないと思います」

「あなたって、すごくいい人だね。僕を見ても騒いだり、スマホを向けたりもしないで、きちんと話を聞いてくれて」

「とんでもない」

「さっきは、僕の早とちりで恋のライバルだって勘違いして睨んじゃって、ほんとにごめんね？」

「いえ。お気になさらず」

　気が強そうな見た目に反し、どうやら可愛らしい性格らしかった。テレビで見る理知的な話し方とはかなり異なる。

　感じもよく、悪い人ではなさそうだった。変な勘ぐりをされたが、不愉快さもない。

　そもそも、滝本が口止めするのも無理はなかった。

　彼らのセクシュアリティが周囲に知れると、仕事面で困るのが想像できるせいだ。

察するに、今夜は別行動を取っていたが、二人ともが偶然このレストランに来ていた。店内は広いので、離れた席に案内されていたとすれば互いに気づかない。

そこで、談笑する高際と悠斗をなにかの拍子に滝本が目撃したのだろう。

恋人が見知らぬ相手と食事をしていたら、それが異性ならまだしも、同性だとライバルになりうるので警戒し、確認したくなる気持ちは理解できた。

店のスタッフが遠慮がちに戻ってきたのを契機に、滝本が暇《いとま》を告げる。

「僕はこれで失礼するね。恭貴さんと、お友達の……え～っと…？」

「成宮です」

「そうそう。成宮さんの時間を邪魔して、彼から叱られる前に退散しなきゃ」

「高際さんと、お顔を合わせなくてもよろしいのですか？」

「いいの、いいの。このあと、人と会う約束もあるしね。念のために言っとくけど、女性のお友達だから」

「そうですか」

「あのね、僕とのこと、恭貴さんにも内緒にしてくれる？　ヤキモチ焼きだって知られて嫌われちゃったら困るし」

「わかりました」

「じゃあ、またね。ごきげんよう」

「はい」

突然、話しかけた失礼も丁寧に詫びてから、滝本は立ち去った。

ほんの二、三分の立ち話だったが、周囲に彼の存在が気づかれなかったようで安堵する。

腰を下ろし、スタッフに返されたクレジットカードとレシートを財布にしまった。大きく息をついたあと、スプーンですくったティラミスをぼんやりと眺める。

今まで聞きそびれていたが、高際にはつきあっている人がいたのだ。

滝本みたいな麗人で、料理という共通点もあって、とてもお似合いだった。

相手が相手だけに、軽々しくは言えないだろう。

よくふざけるし、息をするようにエロいことを言う高際だが、程度の差はあれ、誰しも妄想くらいするはずなので問題はない。それに、エロ発言はたしかに多いが、行動はとても紳士的だ。

発作を起こした悠斗の面倒を嫌な顔ひとつせず見てくれるし、体調が心配だからと弁当を届けてもくれる。

毎日、早朝と深夜に『大丈夫か?』とメッセージもくれた。

明け方と夜に発作が起きやすいと承知のせいだろう。どんなに些細《ささい》な異変でも知らせるようにとも言われていた。

そういう彼だから、もてるはずと予想はしていたので驚きは少ない。

今後も、友人としてつきあっていけたらいいと思った。けれど、心のどこかで残念がっている自分もいる。

「……なんだろうな、この感じ…」

初めて体験する感情をどうすればいいかわからず、困惑した。

滝本にも、変態な面を遺憾なく見せているのだと考えて唇を噛《か》みしめる。

自分だけが特別だと思っていたわけではないが、現実を突きつけられた心地だ。

さきほどまではそうでもなかったのに、一度意識し始めると高際が滝本といる場面や、高際への自分の想いが気になって仕方なくなり、落ち着かなくなった。

「俺が戻るまで待ってたのは、さては俺に食べさせてほしいからだな」

「……っ」

不意に、揶揄《やゆ》を含んだ声をかけられて、小さく息を呑んだ。

声の方向に視線を向けると、高際が笑みを湛えて席に着くところだった。考えに没頭するあまり、視野が狭くなっていたらしい。

腰かけた彼が両肘をテーブルについて身を乗り出してくる。

すぐには気持ちを切り替えられそうになかったが、平静を取りつくろった。

「違うよ」

「図星を指されたからって、照れなくてもいいぞ。ほら、スプーンを寄こせ。食べさせてやる」

「自分で食べるから、大丈夫」

答えながら、内心でポジティブな方向に考える。

なにも知らずに高際と過ごして恋心を抱いてしまうよりは、恋人のことを早期に知って心にブレーキをかけられてよかった。

そう自分自身に言い聞かせて目の前の彼を見つめると、悪戯っぽい色を宿した薄茶色の双眼が細められる。

「遠慮なく俺に見蕩れるほど、俺がいなくて寂しかったらしいな。悪かった。次からは、席を外すときは成宮くんも連れていくとしよう。ご要望とあらば、いや。なくても、手をつなぐか、恭《うやうや》しく姫抱きにしてな」

「別々で全然かまわないよ」

「強がるきみも愛らしいが、なんにせよ、けっこう俺のことが好きだな」

「酔っ払いの戯言《ざれごと》は、もはや異次元レベルで意味不明だし」

「あいにく、グラス一杯のワインじゃ酔わないぞ」

「高際さん流に言うと、『じゃあ、俺の眼差しに酔ったんだな』かな」

「だんだん俺をわかってきてるようでなによりだが、まだ甘い。俺なら『俺という存在に酔いしれたのか』って言うところだ」

「なるほど…」

「今、鼻で笑ったな?」

「ごめん。いかにもすぎて、ちょっとウケた」

混乱ぎみにしては、素知らぬ顔でよく受け答えができたほうだ。

滝本の件は秘密だと本人と約束したので話せない。滝本の恋人は高際だけに、高際が切り出さない以上、そこに話をふることもためらわれた。

なんとか怪しまれずに取りつくろいつつ、デザートまですませる。

二十時半過ぎにレストランをあとにする頃には、悠斗もどうにか落ち着きを取り戻した。

ホテルのロビーを通りながらコートを着る。それでも、エアコンが効いた室内から正面玄関経由で外に出た途端、寒さで思わず足を止めた。

「さっむ…」

「ああ。これはまずそうだな」

「⁉」

身を縮めていた悠斗の身体が唐突に、後ろへ引き寄せられた。

気づけば、背後から高際に抱きしめられるようにして、彼のロングコートの前身頃の中にすっぽりとくるまれていた。

横抱きにされたときもそうだったが、人目を気にしない行動に眩暈《めまい》を覚えた。

日中より数は少ないとはいえ、出入りする人やドアマンはいる。彼らの視線を感じていたたまれなかった。

パーソナルゾーンが狭めな人なのは承知ながら、やはり当惑した。

首をひねって高際を見上げると、得意げな微笑みを湛えていた。

「緊急避難的措置だ。本当は全裸で抱き合って温めてやりたいところだが、屋外だとさすがに寒いし、通報されそうだからな。百歩譲って、こうやって温《ぬく》もりを分ける方法が無難と判断した。いくらかはましだろう」

「……無難の基準が奔放すぎて、人知を超えてる」

悪びれない態度に、苦笑まじりに溜め息をついた。

発作を起こさないようにという彼なりの気遣いだとわかる。

たしかに暖かいが、不安定な感情が密かにまた揺れた。滝本に見られる危険性もあって、心臓に悪かった。

これまでならわりと平気だった不意打ちの優しさに、動揺しそうになる。

内心で何度も落ち着けと繰り返し、冷静さを装って答える。

「あったかいけど、目立つからNG」

「タクシーがいるところまで行ければいいんだ」

「どうやって……って、ちょ……高際さん！」

「おとなしくしてろ」

嘘だろうと言い返す前に、悠斗の両足が宙に浮いた。

コートにくるんだ悠斗の腰に片腕を回した高際に、楽々と持ち上げられている。そのまま本当にタクシー乗り場まで運ばれてしまった。

車内に乗り込んだあと、運転手には聞こえない小声で説教する。

「いくらなんでも、俺を抱えすぎ。少しは周りの目を気にしようか」

「ぶっちゃけ、他人の目なんかどうでもいい。そんなものより、成宮くんの身体のほうが大事だ。いかにして健やかに過ごせるかが気になるんで、今後も必要とあらば気軽にきみを抱えていくつもりでいる」

「ぎっくり腰になっても知らないよ」

「心配無用だ。日頃から重たい食材が入った箱を抱え慣れてる。それに比べれば、きみは羽根みたいに軽いぞ」

「俺のほうが絶対に重いはず」

「気持ちの問題だ」

のらりくらりとはぐらかされて、抱き上げ禁止令は聞き入れられなかった。

ほどなく悠斗のマンションに着き、先に降りた悠斗に高際もつづいた。ここで別れるつもりでいたのにと訝る自分をよそに、料金を払った彼と一緒にタクシーを見送った。

隣に立つ長身を見遣り、首をかしげて訊ねる。

「ウチに寄るって言ってたっけ？」

「いや。動く毛布の出番だと思っただけだ」

「まさか…」

「こら、逃げるな。寒いんだから、俺にくるまれて暖かくなってろ。今夜、食事をごちそうになった礼だ」

逃げを打ったが間に合わず、再び高際のコートにくるまれて、腰を持って抱き上げられてしまった。しかも、さきほどとは向きが違っている。

動悸《どうき》が伝わらないかと、内心でうろたえた。

「……なんで向かい合わせなのかな」

「顔が寒くなるのを防ぐためだ。常に進化させてこそ、抱えワザにも意義がある。さあ、心置きなく俺の胸に顔を埋めておけ。肩だろうと、首筋だろうと大歓迎だ。首の場合はキスマークをつけてもかまわないぞ」

「つけないから……」

母親と樫山親子を凌ぐ過保護ぶりだった。

そもそも、寒暖差を感じるたびに発作が起きるわけではない。キッチンワゴンに弁当を買いにいくときもそうだが、あれ以来、昼間に発作は起きていなかった。

その例も挙げて説得したけれど、むだに終わる。

再三の制止も躱《かわ》され、あきらめて彼の胸元に額を押しつけた。

両手をついた胸板は、服の上からでも逞しいのがわかる。

フレグランスはつけない主義なのか、人工的な香りはしない。ほのかに香る高際自身の香りも、嫌ではなくて困った。

部屋まで連れていかれたあと、ほうじ茶が飲みたいと言われて招き入れる。

一時間ほどで帰った彼が、寒い場所から帰宅した悠斗が体調を崩さないか様子を見ていたと気づいて胸が詰まった。

迷った末に、心遣いに対して感謝とおやすみのメッセージをスマートフォンで送る。

即レスで『生き毛布の素肌バージョンも乞うご期待!』と返信がきた。高際らしいエロな答えに、ゆっくりとソファに倒れ込みながら笑った。

「無茶ばっかり言う人だな」

それでも、やはり彼と一緒にいる時間も会話も楽しかった。

恋人の存在に動揺したのは、知ったのが突然すぎて思考が追いつかなかったにすぎない。

相手が有名人なだけでも驚きなのに、当人が現れて、その口から聞かされたせいだ。

落ち着いてみると、動転していた自分がかなり恥ずかしい。

「経験値の低さを物語ってるな」

苦笑まじりに呟き、高際の優しさを勘違いしないよう自身に言い含めた。

翌日には、普段どおりの悠斗に戻った。仕事も淡々とこなし、それまでと変わらず彼とも接する。

弁当を自宅に届けられた際も、楽しく過ごした。

そして、その週の木曜日、日課の母親とのメールを終えた二十一時半過ぎに高際から電話がかかってきた。

「いきなり悪いな。今、大丈夫か?」

「うん。高際さんはまだ仕事中?」

「ああ。店にいる。早ければ、終電までには帰宅できるだろう」

「遅かったら?」

「二時か三時になるから二階の事務所に泊まる選択肢が増えるが、明日はオフィスに出勤するんで、何時になろうと帰るつもりだ」

「お疲れさま。しっかり休めてるといいけど」

「それなりに休息は取ってるし、心配はいらない。ところで、本題に入るが、明後日の土曜日はなんか予定が入ってるか？　もしなにもないなら、終日俺につきあってほしい」

先週につづいての誘いに、心が弾んだと同時に戸惑った。

滝本を差し置いて、自分が高際と会っていいのだろうかと思ったのだ。けれど、当人同士の問題に口を挟む権利はない。

そう考え直して、空いていると返して訊ねる。

「どこに行くのかな？」

「俺の家に一泊で招待したい」

「え？」

「この時期に打ってつけのロマンティックなイルミネーション観覧に誘おうと思ったんだが、冷え込む夜の時間帯に出かけたら、成宮くんが発作を起こすかもしれないだろ。そうならなかったとしても、風邪をひかせたら大変だ」

「まあ、うん……」

幼少時から世話になっている主治医からは、風邪をひくなと注意されていた。喘息のせいで、こじらせると肺炎になりかねず、大事に至るせいだ。

そこを踏まえた気遣いは彼らしいが、おおげさすぎる。そんなに過保護にならなくても大丈夫なのにと微苦笑を湛えた。

「でも、俺の部屋から並木のイルミネーションが見えるのを思い出してな。それなら、暖かい室内できみと見られて一石二鳥だ。イルミネーションに興味はないか？」

「あるよ。きれいだし」

「そうか。じゃあ、明日弁当を届けるときにウチの合鍵を渡す。俺は夕方まで仕事があるんで留守にしてるが、きみは昼間のうちに来てくれててかまわない。陽が暮れると、気温が一気に下がるからな。翌日は陽があるうちに送る」

「高際さん…」

「どうだ？　ウチデートに来ないか？」

「……………」

正直、惹かれなくもなかった。十一月下旬からクリスマスシーズン、年末年始にかけて街を彩る美しいイルミネーションも、じっくり見てみたい。高際と夜通し話せるのも楽しそうだった。

デートという表現には躊躇を覚えるが、彼にとってはこれまでどおり、深い意味はないのだろう。言葉遊びみたいなものだ。

高際の審美眼に適った者は漏れなく、妄想相手になるのかもしれない。

それにことごとく反応していたら、きりがないだろう。

友人同士、家に遊びこないかと誘い合う感覚に違いない。泊まりにいくのはやぶさかではないが、彼が留守中の家に上がり込むのは引っかかった。

長いつきあいならともかく、知り合ってまだ浅いのだ。

高際が在宅時に訪ねるならまだしもと思い、理由を話して断った。

「だから、今回は遠慮しておく」

「そういうところは繊細というか、常識的なんだな。だが、まったく気にするな。成宮くんは手ぶらで来ていい。必要なものは俺のを貸す。なぜなら、袖口からほっそりした指先が少し出てる萌え袖に、細い首と鎖骨が大きめの首回りから覗いた……ああ。ここは肩から滑り落ちてるのもよしとして、裾は太腿《ふともも》まであるぶかぶかの俺のシャツとかパーカーの上だけを着た格好をきみにしてほしいからだ。当然、ノーパンでな」

「さらに行く気がなくなったよ」

「俺のエロ願望を打ち砕くとは、ドS女王の本領発揮だな」

「そんな称号は初耳だけど、『ウチデートはあきらめな、このブタ野郎!』って感じかな」

「……その冴えた美声で言われると、超しびれる。今、猛烈にコスプレ衣装を用意したくなったな」

「どういうのかって訊かないし、絶対に着ないから」

「猛烈に残念だ。シャイな成宮くんが家にいて、俺を出迎えてくれるのも楽しみだったんだがな。俺の帰りを待ちわびて玄関先で待ってたきみと、『ただいま、ハニー♡』『おかえり、ダーリン♡』的な感じで熱烈チュー&ハグをする、うれし恥ずかし同棲カップルの神展開も考えてたのに」

「妄想って果てしないんだな」

「初々しい新婚バージョンもあるが、聞くか?」

「興味がなくもないけど、またの機会にするよ」

「そうか。初夜編とハネムーン編も聞き応え抜群だぞ」

「なるほど」

この分だと、人生のあらゆる節目編がありそうだった。

変態度がエスカレートしていっているが、おもしろい人だなという認識だ。

誘いを断って申し訳ないなと思っていた悠斗に、高際がさらに言う。

「ちなみに、ドライブデートだったらどうだ？」

「え？」

「泊まりもなしだ。きみの部屋まで車で迎えにいくし、ランチも俺がつくっていくから、弁当を持ってちょっと足を延ばさないか。陽が暮れる前に送るんで朝は早めに出かけることになるが、健全なデートらしいだろ」

「でも、その日は夕方まで仕事なんじゃ…」

「明日中になんとか片づけるから大丈夫だ。それに、もしもを想定して友達と遠出するのは控えてきたってきみは言ってたな。俺相手なら、その手の気兼ねはしなくていいと思うがどうだ？」

「……っ」

なにげなく話したことを覚えていてくれて、胸が震えた。

気にしても仕方ないと日頃は割り切っているが、自分ひとりで完結しない問題となるとそうはいかない。

出先で体調を崩したら、一緒にいる誰かに迷惑をかけるからだ。

友人たちに気を遣うのは悠斗にとっては当然で、そのことを高際に言っていた。

もしかすると、最初の一泊プランも同じ理由だったのかもしれない。

譲ってくれた上での代替案も、とても心引かれた。

終日休めるのなら、家でゆっくりしたほうがいいのではと思う反面、彼と遊びにもいきたい。

休息を勧めたが、悠斗と会うのが安らぎになるという返事に背中を押された。

「…じゃあ、行こうかな」

「よし。暖かい格好で来るようにな。細かいことは明日、きみの家でじっくり話そう」

「わかった」

訪れたドライブに行く当日は、雲一つなく晴れ上がったいい天気だった。

季節的にぴったりのもみじ狩りに、郊外まで出かける。

悠斗はアイボリーのロンTに黒のパンツを穿《は》き、デニムシャツという服装を選んだ。車内では脱ぐだろうが、この上にフード付きのコートを着る。

朝食に紅茶を飲んだあと、九時前にトートバッグを肩にかけて部屋を出た。

約束どおり、高際はマンションの下にすでに迎えにきていた。濃紺の自家用車の運転席のウインドウが下がり、軽く手を上げられる。

小走りに車へ近づいていくと、おはようと声がかかった。

悠斗も挨拶を返し、ボンネット側を回り込んで指示された助手席に乗り込む。

シートベルトを締める間に、ウインドウを閉めた彼が頭上にずり上げていたサングラスをかけた。

今日の高際は、モスグリーンのニットに、茶系のパンツと同系色のスニーカーというカジュアルながらもエレガントなスタイルだ。後部座席には焦げ茶色のマウンテンパーカーと悠斗が送ったネイビーのスヌードが置いてある。

キッチンワゴンでは自分が見逃しているだけかもしれないが、まだ見ていなかった。つけたところを見られるのはうれしい。

エンジンがかかり、静かに車が走り出した。

朝陽が眩《まぶ》しいので運転するには必要だろうが、初めて見るので新鮮だった。

「高際さん、サングラスが似合ってる」

「麗しの眼鏡男子な成宮くんにはかなわないがな」

「褒めてもらってると受け取っておくよ」

「絶賛してるつもりだぞ。目の下にクマができてる俺とは大違いだ。ああ。クマの理由はほかでもない。きみとドライブデートと考えれば考えるほど、車内でイタすにはどんなシチュエーションに持っていけばいいか、脳みそを振り絞って一晩中悩みに悩んで、ほぼ眠れなかったせいだ」

「今すぐ帰りたくなったかも」

「動く密室状態だけに、淡々魔神のきみもさては動揺したか」

「そうでもない。高際さんはドエロ発言は連発するけど、行動は紳士だから」

「男として、軽く辱《はずかし》められた気がするな」

「心から褒めたんだよ」

昨夜は遅くまで仕事をしていたのだろうから、クマはそのせいだ。それなのに、早起きして二人分のランチまでつくってきてくれたのだ。

昨日の段階で、悠斗もなにかすると申し出た。けれど、誘ったのは自分だからと笑って断られた。

ならばと礼を述べてから、せめてもと思って伝える。

「俺に運転させてくれるかな」

「そんなに気を遣わなくてもいいぞ」

「でも……」

「俺がやりたくてやってるだけだ。だいたい、バックさせるときに右手はハンドルを操作しながらも、助手席のシートに左手を置く仕種《しぐさ》にときめかれたり、惚れられたりするビッグチャンスをみすみす逃す手はないからな」

「それって、女性目線の話じゃなかったっけ」

「恋愛絡みの情報はまんべんなく貪欲に仕入れてるんだが、せっかくの成宮くんの好意だ。帰りの運転を頼む」

「うん。眠かったら、寝ていいよ」

「きみがおやすみのキッスをしてくれるなら、どこかに頭を激しく打ちつけて失神してでも寝る」

「無理に寝なくてもいいから、普通に話しながら帰ろうか」

それこそ、運転しながらよくもそんなに愉快な話ができるなと感心しきりだ。

以降の道中も、会話は途切れることがなかった。毎日メッセージのやりとりや電話で話しているのに、話題は尽きない。

もし沈黙があったとしても、きっと苦にならないだろう。

休日だが、朝が早いせいか道路は渋滞しておらず、スムーズに進んだ。

二時間ほど車を走らせて、目的地に到着した。車を降りた悠斗はコートを羽織り、トートバッグを持った。

サングラスを外してダッシュボードの上に置き、運転席を降りた高際は迷わず後部座席のドアを開いた。

積んでいたマウンテンパーカーに腕を通し、スヌードも首元につける。

最後に、昼食が入っていると思しき四十センチ四方くらいのバスケットを手に、ドアを閉めてロックした。

なにげなく視線が合った瞬間、微笑んで言われる。

「成宮くんがくれたスヌード、今日が初使用だ」

「そうなんだ。似合っててよかった。というか、荷物はそれだけ？」

「ああ。財布とスマホと家の鍵はポケットに入ってる」

「身軽だね」

「これで、いつでもきみを持ち運ぶ準備はＯＫだ。体調不良に限らず、『疲れたから抱っこして♡』『なんでもないけど抱いて♡』っていう可愛いおねだりも待ってるんで、散策を始めるとするか」

「気持ちはありがたいけど、基本的に俺を持たなくていいから」

駐車場から出ても抱き上げ問題の討論を交わしたが、決着はつかなかった。

今年は秋に入っても暖かい日がつづいていたせいで、遅かった紅葉が今まさに見頃を迎えている。

赤、黄、緑の木の葉が織りなす幽玄な風景がなんとも映えていた。

もみじ狩りなんて、小学生の頃に祖父母に連れられてきて以来だ。その当時は渋い景色に関心が薄かったけれど、今ならその美しさがわかる。

人出はかなり多かったものの、気にならない紅葉の鮮やかさだった。

「成宮くん、写真は撮らなくていいのか？」

「ああ。動画を撮って母に送ろうかな」

「いいな。お母さんがお喜びになりそうだ。それがすんだら、初ドライブデート記念に俺とツーショット写真を撮ろう。もちろん、俺オンリーの写真を何枚だって撮ってくれてかまわない。動画も全然いい。俺の肖像権はきみにある」

「俺にはないよ。でも、写真は一緒に撮ろう」

「じゃあ、早速。悪いが、これを持っててくれるか」

「え？　……ああ」

散策コースの途中で立ち止まった高際から、バスケットを手渡された。その直後、肩に腕を回されて、彼がポケットから取り出したスマートフォンを向けられる。

フレームに収まるためか、身長差の分、腰を屈《かが》めて顔を寄せてこられた。

「……っ」

頬同士が触れ合う前に、少し離れるよう言おうとして横を向いた瞬間、息を呑んだ。同じタイミングで高際もこちらを向いたせいだ。

あまりの至近距離に、さすがに内心でうろたえた。

陽光の下だと、いちだんと薄茶色に見える双眼と間近で見つめ合う。

思わず視線を逸《そ》らそうとしたら、彼が今度は悠斗の髪に顔を近づけた。頭頂部付近に吐息を感じて、さらに動揺する。

狼狽《ろうばい》で震えそうになる声をどうにか調整し、平常心で問いかけた。

「高際さん、なに？」

「ああ」

再び、目線を合わせてこられた。また、顔がとても近い。射貫くような強い眼差しから、目を逸らしたいのに逸らせなかった。

このままどちらかが顔を傾ければ、唇同士が触れてしまう。

早鐘を打つ胸にバスケットを抱きしめて動悸が伝わるのを防いでいる悠斗に、囁《ささや》くように言われる。

「枯れ葉の欠片《かけら》が、きみの髪についていたんだ。両手が塞がってるんで、吹いて取った」

「そうか。ありがとう」

「いや」

まさかキスされたのではと思ったのは勘違いだった。

そんなふうに考えた自分は、それを期待していたみたいでどうかしている。

この人には恋人がいるのだ。彼の言動は友人に対するものでしかないのだと認識を新たにする。

感情が顔に出にくいタイプで助かったと安堵しながら、悠斗が言う。

「写真、撮ろうか」

「そうだな。じゃあ、成宮くん。スマホ見て」

「うん」

高際がスマートフォンの方向を向いたあと、悠斗もそちらを見た。

肩を抱き寄せられ、結局は頰と頰をつけた体勢で写真を撮られる。ふりだけと言って、唇を突き出すように尖らせた彼が悠斗の頰にエアキスをしているふざけたショットも写された。

妙にシリアスだったさきほどとは打って変わったムードに、安堵を覚える。

「見てみろ。『キスはもういっぱいしたよ』『もっとしたい♡』的ないちゃつきっぷりを切り取ったみたいな、かなりいい出来の写真だ。あとできみのスマホに送る」

「普通の分だけでいいけど、引き伸ばして額に入れて飾るとか言わないように」

「以心伝心だな。ついでに言うと、スマホの待ち受け画面と、職場のパソコンの壁紙にもしたい」

「恥ずかしすぎるし、やったら絶交だから」

「こんなにアメージングな写真だけにもったいないが、成宮くんがそう言うなら仕方ない。肖像権の持ち主たるきみの許可が下りるまで、誠意を込めて、粘り強く交渉をつづけるとしよう」

「たぶん一生、許可しないよ」

バスケットを胸に抱えて、どこかぎこちない表情の自分が写った写真が人目にさらされるのは勘弁願いたかった。エアキスのほうもだ。

誰にも見せないと約束を取りつけ、もみじ狩りに戻る。

とりわけ美しい景色を動画に収める悠斗を動画撮影する高際がいた。笑わせることばかり言われて手ブレし、何度も撮り直す。

この間に、ぎくしゃくした雰囲気はすっかりなくなっていた。

「高際さんといると、笑いすぎて腹筋が筋肉痛になりそう」

「笑いを提供した覚えはないんだが、エロマッサージ師としては全身を揉みほぐさないといけない責任感に駆られるな」

「お願いだから、そろそろ、ちょっとおとなしくしてほしいかな」

「ベッドイン中の『もう堪忍して♡』的なブレイク要請か。いいだろう。ちょうどいい頃合でランチタイムだ」

捉《とら》え方がいちいちエロ風味でユニークながら、意図は正確に汲《く》んでくれる。

散策コースの先にあった広い芝生のエリアでは、家族連れやカップルなどが腰を下ろして昼食を摂《と》っていた。その一画に場所を取り、高際がバスケットから取り出したレジャーシートを受け取る。

それを悠斗が敷いた上に、靴を脱いで二人で座った。

風もなく陽射しが降り注いでいるので、過ごしやすい陽気だ。彼はアウターを脱いだが、悠斗はやめておいた。

「うわ。サンドイッチだ。唐揚げもある。ミニハンバーグとポテトサラダも！」

「成宮くんの好きなものもつくってきた」

「ありがとう。ものすごくうれしい！」

大好物のいい香りにテンションが上がり、空腹の胃も刺激された。

レジャーシートの上に並べられた高際の手づくりランチは、どれもおいしそうだ。

サンドイッチは卵サラダ、ハムとチーズとレタス、豚ヒレカツの三種類があった。ひとつひとつラップで丁寧に包まれている。

唐揚げは塩味と、ゴボウのささがきをまとったショウガ醤油《じょうゆ》味、ミニハンバーグは刻んだマッシュルームとタマネギが入っていて、ポテトサラダはマッシュされていないジャガイモもあって、いつもより食べ応えがありそうだった。

それぞれがランチボックスに入っている。彩りにプチトマトと茹《ゆ》でたブロッコリーも散らされていた。フルーツは大ぶりのイチゴだ。

飲み物は駐車場にある自動販売機で悠斗はミルクティーを、高際はコーヒーを買ってきている。

一口パンケーキもあって、悠斗の頬がゆるんだ。

持ってきていた携帯用のウエットティッシュで手を拭い、両手を合わせる。

「いただきます」

「はいよ。召し上がれ」

「まずは、ポテトサラダから。……んん！　やっぱり、おいしい。マッシュされてるのと、されてないジャガイモで食感が違っていいね。唐揚げはどっちの味つけもおいしいけど、ショウガ醤油のほうがゴボウのささがきがアクセントになってて好みかな。でも、なんだろう…？　たぶん、肉の下味がすごくおいしいんだな。すごいね。高際さん、本当に料理ができるんだ。俺がモニターをやってる弁当と味が似てるのが不思議だけど」

「……まあな」

「そうか。考えてみれば、高際さんが味の最終チェックをしてるなら当然か。でも、あなたがつくってきてくれた弁当もおいしいよ」

「きみの口に合ってよかった」

思ったよりもリアクションが薄くて意外だった。

三ツ星シェフも目じゃないとか、最高の花婿になれるとか、反り返る勢いで胸を張りそうなのに神妙な態度だ。

職業柄、食に関してはまじめだからかもしれなかった。

ひょっとしたら照れくさかったりしてと思ったが、指摘はしないでおく。

食べ始めた高際に、悠斗はさらに感想を伝えた。パンケーキの味も、いつもどおりで笑顔になる。

話題が変わって少し経つと、彼がいつもの調子を取り戻した。

「端《はた》から見れば、俺たちは最強に素敵なラブラブカップルに見えてるんだろうな。『あっちの彼が素敵♡』『こっちの彼もイケてる♡』『尊すぎる二人☆』的な会話が、きっとあちこちで飛び交ってるはずだ」

「どっちも『彼』の段階で無理がある設定だし、高確率で友達同士で遊びにきたと思われてるんじゃないかな」

「シビアかつスパイシーな返しにも惚れ直す」

「そもそも、いつ惚れたんだって話だけど……って、ん？」

食べながら談笑しているところに、ボールが転がってきた。

悠斗が反射的に手を伸ばして摑む。その直後、それを追ってきた三歳くらいの男の子が自分たちのそばで立ち止まった。

「はい、これ。どうぞ？」

「……………」

返そうとしたボールではなく、悠斗と高際を無言で交互に見られた。

知らない相手なので、警戒されているのかもと思い当たった。幼い子なら、人見知りする可能性もある。

手渡すのがだめだったら、足下に置こうとしたときだ。

予想外にさらに近寄ってこられて、悠斗は双眸を瞬かせた。

不意に目を逸らした男の子が急にしゃがみ込んだ。視線の先にあるイチゴをいろんな角度から眺めたり、耳を寄せたりと謎の行動を取り始める。

まったくわけがわからずに戸惑った。兄弟も、身近に子供もいなかったから、接し方がわからない。

降参し、保護者はと周囲を見回した直後、高際がイチゴの入った容器を持って男の子に差し出して言った。

「もしかして、きみにはイチゴがなんか言ってるのが聞こえるのか？」

「うん」

高際にはすんなりと返事をした男の子に、悠斗が片眉を上げた。

高際が言った突飛な内容もだが、それに真顔でうなずいた男児にもついていけず、傍観者に回る。

「俺にも教えてくれるか？」

「いいよ。あのね、ぼくにたべてって」

「俺たちじゃなく、きみに食べてほしいと？」

「うん」

「そうか。このイチゴたちは迷子になってたのか。ちなみに、イチゴは好きか？」

「だいすき」

「きみとイチゴの意見は一致してるんだな。じゃあ、食べたいか？」

「たべるっ！　いちご、いちご、おっきないちご。あかいいちご。いちご、いちご！」

「わかったから、そう飛び跳ねるな。まずは手をきれいにしないとな。これで、ひとりでちゃんと拭けるか？」

「できるよ。ぼく、もうさんさいだもん！」

「三歳か。そいつはすごいな」

「でしょ～」

なにがどうすごいのかは理解不能だが、胸を張った男の子と普通に話す高際は幼児の扱いに慣れていた。

話し方も幼児用に『～でちゅよ』になったり、語尾をソフトにしたりもない。大人を相手にするのと変わらないのはいかにもだ。

甥以外の子供に興味はないと言っていたけれど、根本的に優しい人柄なのだろう。

常に相手に寄り添って同じ目線で話すのは、難しそうだった。

接客業の巧みな話術というよりも、こうなると人たらしだ。

イチゴでエキサイトしまくる子供のパワーに、悠斗はただ圧倒されていた。

まずは、ウエットティッシュで手を拭かせる。胡座をかいた自身の膝にその子が乗ってきても、高際は好きにさせていた。

なぜかイチゴは食べさせず、イチゴクイズと称して質問をし始めた。その内容から、男の子がイチゴにアレルギーがないかを確かめているのだと察して感心する。会話の流れに乗じて、さりげなく名前と親のことを訊ねるのもさすがだ。

「翔琉《かける》くんか。かっこいい名前だな。ママと来たのか？」

「うん。ママはね、さんじゅうななさいなの」

「そうか」

息子に年齢をばらされたとは思いもよらないだろう母親が、ほどなくやってきた。

ほんの少し目を離した隙に、いなくなっていたらしい。

不審者扱いされるかと思いきや、高際の膝の上に上機嫌で座っている我が子を見ても、母親は申し訳なさそうに謝って礼を述べただけだ。

高際を見つめる彼女の視線の熱さに気づいた悠斗が苦笑を湛える。

夫子持ちをも惹《ひ》きつける美形の威力がすさまじかった。慣れているのか、彼は素知らぬふりでスマートに対応している。

高際が恋人だったら、気を揉みそうだと思った。滝本の懸念が痛いほどわかる。

ボールを抱えた母親に肩を抱かれて、イチゴが入った小ぶりの容器を持って翔琉は去っていった。

母親に確認したところ、アレルギーはなかったので容器ごとプレゼントしたのだ。何度も振り返る彼に手を振って応えつつ、高際がぼやく。

「まさか、ちびイチゴ変態に遭遇するとはな」

「よっぽど大好きなんだね」

「ウチの甥はマスカット変態だがな。食事がわりに、一房ぺろりと食べる」

「栄養バランスが偏るって注意しないんだ？」

「口を酸っぱくして言いたいのはやまやまだが、その時期に限って一食だけなんで、目をつぶってる」

「伯父《おじ》さんも大変だ」

ランチに戻り、遠目に紅葉を眺めて話しながら、のんびりと食べる。スローペースの悠斗に合わせてくれたらしい彼と同じタイミングで食べ終わった。

ランチボックスと、たたんだレジャーシートをバスケットにしまう。

イチョウの葉が敷き詰められたように散ったきれいな道も散策した。それから土産《みやげ》店に寄り、それぞれに買ったところで言われる。

「二時か。渋滞も考えて、そろそろ出たほうがいいかもな」

「うん。帰りは任せて」

「頼んだ」

駐車場に着くと、車のキーを渡された。後部座席に荷物と脱いだコートを置いて、悠斗は運転席、高際は助手席に乗り込む。

シートベルトを締め、ルームミラーとシートの位置を自分に合わせて車を発進した。

実家にいた頃は週末ごとに母親の車に乗っていたので、ひさしぶりの運転だ。自分の用事も含め、母に頼まれて食料の買い出しに行っていた。そのことは来る道中で彼にも話している。

帰りの車中も、おもしろおかしい時間になった。

「成宮くんは横顔もチャーミングだな。ときどき、ルームミラーやサイドミラーを見る流し目的な視線もセクシーでたまらない。しかも、運転も巧い。そういえば、運転上手な人はあっち方面も巧みだと小耳に挟んでるが、きみもテクニシャンで決定か。ぜひ、俺を乗りこなしてくれ」

「高際さんには乗らないけど、運転テクニックの話が事実なら、あなたもそうなるね」

「俺は謙虚なんで、否定もしなければ、肯定もしないでおこう。…ていうか、きみを乗りこなしてほしいっていう頼みと受け取った。たとえ、きみがロデオ並みに暴れ馬めいていようと、喜んで乗ろう。革ジャンにテンガロンハットは好きだし、投げ縄も練習する」

「あんまり笑わせないでくれるかな。運転をミスりそう」

「きみだけのカウボーイがついてるんで、落ち着いて運転しろ」

「もう、マジで腹筋が痛くなってきた」

ずっとこんな感じで、目尻に涙が滲むほど何度も笑った。

行程の半分ほど走った頃、高際の口数が減ってきた。

食後だし、暖房も適度に効いた車内なので、眠くなったのかもしれない。問いかけると、思ったとおり眠いと返された。

一瞬、視線を向けた先には、眠そうな表情の彼がいる。

「寝ていいよ。俺のマンションに着いたら起こすし」

「起きてる。楽しそうな成宮くんをもっと見ていたいんでな」

「充分、楽しませてもらったよ」

「ドライブデートは楽しかったか?」

「すごくね。紅葉もきれいだったし、ランチもおいしかったから」

「それはよかった。一人暮らしを始めた前後で、なにかと気苦労も多かっただろうからな。きみがリラックスできて楽しめて、心底笑えたんならなによりだ」

「高際さん？」

言われた内容を把握できずに、悠斗が眉をひそめた。

考えてもわからず、どういう意味だと訊いたら返される。

「平然としてるが、成宮くんにとって、今回のお母さんの再婚は一大事のはずだ。別に、マザコンだとか、再婚に反対とかじゃなく、きみとお母さんは今まで互いに力を合わせて生きてきた二人きりの親子なんだから、思うところがあって当然だ」

「！」

「きみには、お母さんを支えてきたっていう自負もあるだろう。それなのに、お母さんと継父の幸せを願って、身を引いて家を出たんだ。寂しくないわけがない。初めての一人暮らしなら、なおさらだ」

「……っ」

「ゲイだってことも、多少は関係がありそうだしな。少なくとも、俺の前では平気なふりはしなくていいし、俺でよければ愚痴くらい聞くぞ」

「………」

「それから、お母さんのかわりにはなれないし、なるつもりもないが、新しい心の支えにはなれるんで、いくらだって頼ってくれてかまわない」

「……」

誰にも、母親にさえ言ったことのない真意を見抜かれて絶句した。いたわりの言葉もかけられて、胸がいっぱいになる。

まっすぐ前を見つめたまま、きつく唇を噛みしめた。

ドライブに誘ってくれたときも、親しくなるきっかけの介抱されたときも、高際は核心を突いたことを言った。

ホームシックを指摘した際に、すでに看破していたのだろう。

大抵はふざけていたり、エロトークだったりするのに、要所で優しくされるからハッとなる。

特に、今回は心臓を鷲掴《わしづか》みにされるレベルで響いた。

彼を見る目が、これまでとは確実に違うものになりそうだった。

ブレーキをかけたはずが、恋人がいるのを承知で惹かれてしまいかねずに困る。

迂闊にもこぼれそうな涙を瞬きを増やしてどうにか堪えた。動揺も押し殺す。

深々と溜め息をついた悠斗が、感謝の念を込めて口を開く。

「……ありがとう。高際さん」

「そのあとに、『好き♡』をつけ加えてくれていいぞ」

「友達としての好きなら、いくらでもつけるけど」

「手強いきみも大歓迎だ」

またいつもの高際に戻り、愉快な雰囲気の帰路になった。

予定どおり、陽が暮れる前には悠斗のマンションにたどり着いた。助手席から運転席に移った高際を見送る。

「今日は本当にどうもありがとう。すごく楽しかったよ」

「俺もだ。忘れ物はないか？」

「大丈夫。家まで気をつけて帰って」

「ああ。おやすみ。いい夢を……っていうか、今夜は、映倫に引っかかるレベルで俺と組んずほぐれつな濃厚絡みシーン入りの夢をモザイクなしで見ていいからな。出演料は特別に取らないでおく」

「夢は記憶の整理だって言うから、もしかしたら見るかもね」

「もう少しムーディな答えを希望してたんだがな」

「そういうのは俺には難しいかな。おやすみなさい」

「じゃあ、またな」

短くクラクションを鳴らした濃紺の車が見えなくなるまで、その場にいた。

ざわつく胸を持て余しながら、悠斗は部屋に戻った。

この翌週も、翌々週の土曜日も誘われて断れず、二人で出かけた。彼といる時間が増えるにつれ、さらにいろんな面を知っていく。

実は動物好きで猫か犬を飼ってみたいが、家にあまりいないのであきらめている。そのかわり、猫カフェやドッグカフェにたまに行って、モフモフを堪能すると真顔で言った高際もおもしろかった。

両親や祖父母にゲイだとばれたときは、いい顔をされなかったそうだ。

家名が傷つくと言われたので、勘当上等と家を出ようとしたらしい。すると、親代わりに面倒を見ていた弟と妹が『自分たちも行く』と味方につき、両親たちが慌てて止めて、セクシュアリティも受け入れてくれたという話はほっこりした。

どのエピソードも、マイナスの印象にはつながらなかった。

週二日、高際が届けてくれる弁当を一緒に食べるのも、せつなくなってきている。かといって、モニターを引き受けた以上、途中でやめるのは無責任な気がしてやめられない。

なにより、彼のそばを離れたくなかった。

やはり、母親の再婚にまつわることで示された思いやりが大きい。あの一件が、高際に対する気持ちを恋心に変えた。

いけないとわかっているのに、会うたびに惹かれていく。

もちろん、想いを悟られないように細心の注意を払った。

滝本に悪いと思う反面、疚《やま》しい言動は取っていないから大丈夫と自分に言い聞かせて、つきあいをつづけていた。

いつか、この想いを昇華できて、親しい友人になれたらいい。それまでは、どんなに胸が痛んでもやり過ごす。

元々の我慢強さで、恋情も押し殺すつもりだった。

そんな覚悟で日々を過ごし、自宅に弁当が届けられる金曜日が訪れた。十九時を二十分ほど回った頃、インターホンが鳴った。

いつもは時報レベルできっかりに来る彼にしては珍しい。

遅れるとメッセージは届いていたので、玄関のドアを開けて出迎えた。

「いらっしゃい」

「ああ」

スーツにトレンチコートを着た高際が入ってきた。

悠斗は会社から帰ってきて、ミントグリーンのパーカーにチャコールグレーのワイドパンツという部屋着に着替えていた。

靴を脱ぎながら、毎回恒例の確認をされる。

「今日はいちだんと寒いが、体調は大丈夫か？」

「平気だよ。心配してくれてありがとう」

「そうか。邪魔させてもらう」

「うん……？」

いつもならエロトーク全開で絡んでくるはずが、会話が弾まずに拍子抜けした。

到着時間もだが、普段とは明らかに違う無口な高際に違和感を覚える。どことなく動作も緩慢で、調子が悪そうに思えた。

コートを脱いで洗面所に手を洗いにいったあと、リビングに戻ってきた彼がラグマットの上に胡座をかいて座る。

探るように見つめていた悠斗の視線に気づいたのか、双眼が細められた。

「そんな熱視線を俺に向けて、さては『恭貴ったら遅かったじゃない。悠斗ってば、すっかり待ちくたびれちゃったよ。寂しかった♡』的な眼差しだな。よし、わかった。ハグしてやろう」

「たしかに高際さんを見てたけど、突っ込みどころ満載な解釈は著しく間違ってるよ」

「なるほど。じゃあ、『もうお腹がペコペコだから、悠ちゃん、恭くんを食べちゃうぞ♡』のほうだったか」

「それも違うし、やっぱり発言内容も精彩に欠けるね。全体的にふわっとしてる」

「とうとう、きみが俺のエロ妄想のレビュアーになったとは、感慨深いな」

「どうかしたのかな？」

ストレートに訊ねると、高際が小さく肩をすくめた。

ごまかせそうにないとあきらめたのか、苦く笑って言う。

「成宮くんは鋭くて参るな」

「まあ、鈍くはないほうだと思うけど」

「今日は関西に出張してたんだ」

「え……？」

聞けば、始発の飛行機で大阪に飛び、本来は一泊するところを悠斗に弁当を届けるために予定を大幅に前倒しして、ろくに食事も摂らずに精力的に動き回り、仕事を終わらせて帰京したという。

おそらく、日頃の多忙さもあって、疲労が蓄積されているのだろう。

自分のせいで無理をさせてしまって申し訳なかった。

「弁当は誰か別の人に届けさせるか、今日はスキップしたらよかったのに」

「それじゃあ、きみの体調がわからない」

「高際さん」

「責任を感じる必要はないぞ。今週は仕事の都合で、俺がキッチンワゴンのほうに一度も行けてなかったんで、今日を逃すと六日間もきみの顔を見ないことになる。だから、俺がきみに会いたかったんだ」

「そんな……」

「あと、この前も言ったが、俺が好きでやってるだけだ。気にするな」

「……うん」

悠斗を甘やかすことばかり言う高際が恨めしい。けれど、それをうれしいと思う自分が一番だめな気がした。

胸のときめきを押し隠し、飲み物を用意する。

湯を沸かして煎茶《せんちゃ》を煎れて持っていき、二人で弁当を食べた。

「このだし巻き卵、嚙んだらだしがじゅわっと出てきておいしい。鯖《さば》の味噌煮も味はもちろん、ショウガの風味が効いてて最高だし、切り干し大根のサラダもしゃきしゃきした歯ごたえがいいね」

「きみは実に食べさせ甲斐《がい》があるな」

「野沢菜の炊き込みごはんも、すごくおいしい」

それ以外にも、ケールとパプリカの炒め物、ワカメとキュウリの酢の物が入っていて、どちらも美味だった。

フルーツはみかんと、四分の一にカットされたリンゴだ。

大阪出張について話を聞きながら食べ終わる。腹が満ちたからか、腰を上げる頃には疲労と相俟って彼が眠そうな表情になっていた。

それでも帰ろうとする高際がひどく気にかかる。

切り出すにはためらいがあったが、心配が勝って引き止めた。

「高際さん、もう少し休んでいったら？」

「なんとも血湧き肉躍る、股間も疼く誘いだな」

「どこがどうなっててもいいけど、このあとも仕事があるのかな？」

「出張帰りなんで直帰するのが通常だが、オフィスで報告書をまとめるつもりだ。まあ、今日中でなくてもかまわない」

「急ぎじゃないなら、いいよね。疲れてるのに車を運転するのも危ないし」

「そういう成宮くんは、時間を延長して俺がいても邪魔じゃないのか？」

「ちっとも。むしろ、このまま帰して、なにかあったらって思うと落ち着かない」

「そうか。……じゃあ、きみの厚意に甘えさせてもらうか」

「うん。仮眠を取れば？」

「ああ」

本調子の彼なら、『俺への尋常じゃない配慮は、隠し切れない愛情の証拠だろう』くらいは言うはずだった。

軽口をたたく頻度が低くなる程度には疲れているのだ。

休む前に同僚にメールを送ると言って、スマートフォンを操作し始めた高際をよそに、悠斗は立ち上がった。

足早に寝室に行き、クローゼットの中を探す。

母親と樫山親子が来たときのために、彼らの服をはじめ、布団や宿泊セット一式を備えていた。

引っ越し祝いで樫山がくれたソファはベッドにもなるタイプなので、そこで寝てもらう。

高際ほど長身ではないが、智尚も一八〇センチ弱の身長で似た体格だ。彼の部屋着なら着られるはずと、洗濯してたたんであるスウェット上下を持った。毛布も小脇に抱えてリビングに取って返す。

連絡はすんだらしく、彼は煎茶を飲んでいた。

「お茶のおかわりを煎れようか?」

「いや。もういい。ありがとう」

「そう。よかったら、これに着替えたらどうかな。スーツだとくつろげないだろうし」

「助かる。……うむ。成宮くんの服か。部屋着はゆったりサイズが基本だな。どれどれ…。ほほう。胸いっぱいに吸い込んだきみの香りは、やっぱりフローラルだ。なんの花かはわからないが、いい香りに違いない」

「たぶん、柔軟剤だよ」

手渡したスウェットに鼻を埋めている高際に苦笑まじりに答えた。

洗濯物がゴワゴワしているのは嫌なので、香りが優しいものを使っている。

悠斗の服でもなかったが、訂正はまたの機会にした。智尚のことはまだ話していないし、今は高際に休んでもらうのが最優先だ。

着替えをソファに置いて腰を上げた彼が、ネクタイをゆるめながら悪戯っぽく笑った。ウインクしたあと、悠斗に投げキッスをして言う。

「きみの前で全裸になると思うと気が引きしまるが、胸が高鳴るのも確かだ」

「全部脱ぐ必要はないし、俺は片づけをしてるから」

「かぶりつきで見学してくれていいぞ。なんなら、お立ち台のかわりにソファにのぼって、一枚ずつゆっくり脱ぎ捨てていこうか」

「遠慮するよ。それに、お立ち台じゃなくてベッドになるんだけど」

「ん？」

ソファの背もたれ部分を倒してベッドにした悠斗が、その上に毛布を置いた。

ソファベッドだったのかと呟いた高際にうなずく。空になった弁当箱を持ってキッチンに向かった。

スーツをかけるハンガーと枕を忘れていたと思い、リビングを出る。

用事をすませて戻ってくると、彼はすでに着替えてソファベッドに腰かけていた。少し袖と裾が短い気がする。智尚より手足が長いらしいと思いつつ、窮屈そうではないのでよしとした。

「はい。この枕、使って。タオルは未使用だから」

「いろいろ悪いな」

「気にしないで。こっちにあるスーツ、かけておくよ」

「ありがとう」

ソファベッドの端にたたんであったスーツとコート、Yシャツ、ネクタイをハンガーにかけて壁際につるす。その間に、高際はベッドに横になった。

リモコンで照明を絞ってキッチンに行き、一日分の洗い物をする。

マグカップが三個だけだが、プラスチック製の弁当箱も、捨てる前にきれいに洗うようにしていた。

それから湯を沸かし、ドリップ式のコーヒーを煎れる。

樫山にもらって以来、気に入っている豆を使った。バニラの風味があって香りもよく、とても飲みやすい。

寝起きに高際が飲めそうなものをと考えたのだ。

彼が眠っている間、悠斗は電子書籍を読むつもりだった。

自分の分だけコーヒーをマグカップに注ぎ、リビングに戻る。

ソファベッドを背に、ラグマットの上に座った。硝子のローテーブルに音を立てないようにマグカップを置く。

ローテーブルに放っていたスマートフォンを手に取った。

母親からきていた定期連絡に、返事を書いて送った瞬間、声がかかる。

「誰かからメールでもきてたのか？」

「……っ」

高際は眠っているとばかり思っていたので驚いた。

無意識に詰めていた息を吐きながら、身体ごと振り返る。側臥《そくが》でこちらを向いている彼と目が合った。

もしかして、エアコンの設定温度が合わずに眠れないのだろうかと訊ねる。

「……起きてたんだ。暖房が強すぎて暑いか、その逆で寝つけないとか？」

「どっちでもないが、きみが生き毛布になるのは常に大歓迎だ」

「ならないけど、疲れすぎてて眠りづらい？」

「いや。ここからきみがキッチンにいるのが見えたんで、きみと一緒に料理するほのぼのシーンを最初は想像してたのが、裸エプロンのきみや、そんなきみをあれこれする刺激的な妄想に発展して目が冴えたんだ」

「ごはんを食べたからか、ちょっと元気になったのはよかったかな」

「精力もギンギンにみなぎってきたぞ。で、誰からのメールだ？」

はじめの質問を繰り返されて、悠斗は小さく笑った。

取りたてて隠すつもりもないので答える。

「母だよ。いつもの体調確認メール」

「なるほど。愛情深いお母さんだ。俺も見習って、警備会社の個人宅用のセーフティネットばりに、今後ともきみを見守っていくとしよう。そのためにも、この部屋にカメラを設置して二十四時間体制で盗撮……じゃなくて観察したい。そうすれば、きみになにかあってもすぐに駆けつけられる。許可をくれるか？」

「だめかな。ところで、まだ眠らないならコーヒーを持ってこようか？」

「予想どおりにさくっと却下されたが、きみがそばにいたら徐々に眠たくなってきた気がするんでやめておく」

「そうなんだ」

「目が覚めたときにもらう。そのかわり、頼みたいことがある」

「監視カメラの設置はだめだから」

「それは残念だが、俺が眠るまで子守歌を歌いながら手をつないでいてくれとは言わないかわりに、イヤホンをしてスマホで音楽を聴くとか、ゲームをするとかもなしで、どこにも行かないで俺と話していてくれるか」

「別に、いいけど」

今やっていたことと同じなので、すんなりと応じた。

絵本を読んで寝かしつける母親に、一冊では足りないからもっと読んでと駄々をこねる子供みたいな高際が可愛らしい。

普段は自分が甘えてばかりとあり、甘えられてなんだかくすぐったかった。

他愛ない会話をする間も、あくびを繰り返される。

「すごく眠そうだね。昨日は何時間寝たのかな？」

「たしか……三時間弱だったか」

「いつもの睡眠時間は？」

「…だいたい四、五時間だ。……ちなみに、俺は寝つきも悪いが寝起きも悪いんで、起きたときに不機嫌でも気にするな。…頭がしゃっきりすれば、普通に戻る。……あと、耳元で叫ばれても目覚めないくらい眠りは深い」

「覚えておくよ」

「……きみはどうなんだ？」

「寝つきも寝起きもいいほうで、眠りは浅いね」

「………俺たちはやっぱり、互いを補い合えるベストな組み合わせだな」

普段は間髪を入れず返ってくる返事の間隔が、だんだん長くなってきた。話し方もテンポが遅い。

いつ眠りに落ちてもおかしくない状況の高際に、悠斗が言う。

「おやすみなさい。もう寝たらどう?」

「…ああ。そろそろ、意識が途切れそうだ。……きみのそばは居心地がいいせいだな」

「そんなことはないと思うけど」

「……いや、ある。…二日分の出張を半日に凝縮して、……なんとか無事にすませられた原動力も、きみだ」

「……っ」

思いがけない発言に軽く双眸を瞠った。

密かに動揺しつつ枕元にいる悠斗に、大きな手が伸びてくる。髪を撫でたあと、頬に優しく触れて包み込んできた。

咄嗟に逃れたかったが、やわらかな眼差しに囚《とら》われてしまう。

見つめ合った状態で、かすれた低音が囁く。

「きみの笑った顔、きみの声、きみの存在すべてが励みになったんだ」

「おおげさだよ」

「……事実だ。…きみと親しくなれて、……本当によかったと思ってる」

「それは、お互いさまかな」

「…ちなみに……きみは、恋人はいるのか?」

「いきなり、切り込んだ質問をしてくるんだね……まあ、恋人はいないけど、好きな人はいるよ」

「そう……か……」

「あなたは……って、高際さん？」

「………」

そこで、高際がすうっと瞼《まぶた》を閉じたまま開かなくなった。

悠斗の頬にあった手も、不意に力をなくしてぱたりと落ちる。すぐに、微かな寝息も聞こえてきた。

もう一度、名前を呼んでみたけれど、返事はなかった。

眠りに就いた無防備な彼の寝顔を見つめながら、悠斗は熱い頬に両手で触れた。たぶん、耳まで赤くなっている顔を見られずにすんで安堵する。

あんなことを言われるなんて、予想外すぎて脈が乱れ打った。

恋人の有無を訊かれて、嘘はつけずに平静を装って『好きな人はいる』と、その好きな人の目の前で答えたからなおさらだ。

浮気はしない主義の高際にとっては、あれも友人に対する言葉なのだろう。

独特の感性を持つ人なので、ああいう表現になったに違いない。

「でも……」

受け取った悠斗には、さらに惹かれる理由になって弱った。

好きになったらいけない相手だと自分に言い聞かせて、深い溜め息をつく。

今だけは、目の前にいる恋しい人を見つめることを許してほしい。

その後、零時を過ぎても彼が目覚める気配はなかった。よほど疲れているのだと思い、あえて起こさずに結局、一晩泊めた。


「今日にでも決行するか」

鼻歌まじりに料理しながら、高際は呟いた。

火曜日、オフィスのキッチンで恒例の弁当づくりをしているところだ。

出張後に意図せず悠斗の部屋に泊まってから、三日が経っていた。あの日の翌朝、高際が目を覚ますと、室内に陽が射し込んでいて眉をひそめた。

弁当を届けにきて彼と一緒に食べて、休ませてもらったのは覚えている。

現状と時間の感覚がいまいち把握できなかった。おそらく、寝起きで頭が働いていないせいだろう。

おもむろに身を起こした直後、悠斗が姿を見せた。

「高際さん、起きたんだ。おはよう」

「……ああ」

「今から朝ごはんをつくるけど、味はあんまり期待しないように」

「……朝ごはん?」

「お腹が空いてないなら、無理にとは言わないよ」

「……腹は空いてるが……今、何時だ?」

「七時を過ぎたところ。よければ、洗面所に案内しようか? 一応、新品の歯ブラシとか洗顔系に必要なものは置いてるから使って」

「……………」

一度も目覚めることなく十時間近くも爆睡していたとわかり、低く唸《うな》った。どうりで身体が軽くなっているはずだ。

日付が変わる前には起きて帰るつもりが、泊まってしまったのだ。

面倒をかけたと謝ると、『ありがとうでいい』と笑われた。前に自分が言ったのを返された形で嘆息する。

勧めに従って顔を洗い、歯も磨かせてもらった。

悠斗がつくってくれたベーコンエッグとミネストローネ、食パン、コーヒーという朝食の席に着く頃には、きっちり覚醒していた。

いつもどおり紅茶だけの彼に、味の感想を伝える。

「誰かにつくってもらう料理はうまいものだが、きみのは特にそうだ。きっと、溢れんばかりの愛情がこもってるせいだな。隠し味にラブスパイスが注入されまくった結果、このスペシャルなうまさになったんだろう」

「褒めてもらってうれしいけど、料理のうちに入らないよ。卵とベーコンは焼いただけだし、ミネストローネは切った野菜を市販のコンソメとトマトピューレに入れて煮込んだだけだから」

「きみが俺のためだけに、油が跳ねたり、包丁で手を切ったりする危険を冒してまで手ずからフライパンにベーコンを並べて卵を二個も割り、まな板でタマネギ、ニンジン、ジャガイモ、セロリ、ズッキーニと五種類もの野菜を刻んで鍋で煮た行為がすでに尊いんだ。俺の中では、充分に料理に入る。きみは料理上手な花婿になるな」

「褒めすぎだから」

「本音を言ったまでだ」

「お礼の気持ちが激しく伝わってくるコメントをどうも」

真に受けない悠斗に鼻を鳴らしつつ、昨夜、高際を起こさなかった理由を訊いた。

疲れている様子だったからと言われて、心遣いにあらためて感謝した。

朝食を食べて着替えたあと、彼に見送られて自宅に帰った顛末だ。

「思ってた以上に好みのタイプなんだよな」

しみじみとした呟きとともに、高際は我に返った。

三日前を振り返りながらも、手は動いている。今は、ツナにみじん切りの大葉とゴマを加えてミソとみりんであえたツナミソのおにぎりを握っていた。

悠斗の分は小さめを二個、あとは普通サイズを六個だ。

今日の弁当のメインは里芋と挽肉のコロッケだった。プレーンと中にチーズが入ったものと二種類ある。

副菜はザーサイとアスパラガスと豚肉の中華風炒め物、ナスと厚揚げの煮浸し、レンコンとニンジンと糸コンニャクのきんぴら、カリフラワーとジャガイモとマッシュルームとベーコン入りのスパニッシュオムレツ、フルーツはのどにもいいらしい金柑《きんかん》だ。

それまでも彼とプライベートな時間を過ごして、かなり惹かれていた。

知れば知るほど好意が募った。そしてあの日、迷惑そうな表情をいっさい見せず、細やかに気遣われて完全にロックオンした。

エロ妄想が生ぬるいから心配されるなど、初めての経験だった。

高際の発言を内容を問わず、きちんと聞いている証拠で胸が熱くなった。それらの想いが集約し、完全に恋に落ちた。

脈があるかどうかは不明だが、二人でいるときはわりといい雰囲気だ。

これから弁当を届けにいった際に、告白するつもりでいた。

架空のモニター期間も、あと半月足らずで終わる。そのことも説明し、今後は弁当をつくって持っていくのではなく、堂々と食事をつくりにいくのだ。

浮かれぎみにおにぎりをつくっていると、笹岡がやってきた。

飲み物でも煎れにきたと思しき相棒に声をかける。

「もうすぐでき上がるが、食べるか？」

「もちろんだよ。今日は会議が立てつづけにあって昼食を摂る暇がなかったから、ものすごく腹が減ってるんだ」

「そうだったな。ツナミソのおにぎりは何個いる？」

「今の腹具合なら、三個は確実にいけるね」

「じゃあ、四個詰めておく。もし食べられそうになかったら、誰かに分けてくれ」

「僕が全部食べる」

決まっているだろうと笑った笹岡が湯を沸かし始めた。

ウーロン茶を煎れるらしく、急須に茶葉を入れる。シンクに軽く寄りかかって腕を組み、

高際を見て小さく噴き出した。

「なんだ？」

「いやね。スーツ姿で…って、上着は脱いでるけどさ。Yシャツの袖を捲《まく》り上げて、ネク

タイの先はポケットに突っ込んでエプロンをつけた代表取締役が、週二で上機嫌に料理してる図がおもしろいなと」

「やっぱり、夕飯はなしにするか」

「商品化の検討があるから、あしからず。でも、おまえの面倒見がいいのはともかく、激務の合間を縫って、ここまで尽くすなんて、長いつきあいの僕ですら初めて見るね」

詳細は語っていないが、意中の相手がいることは笹岡にはばれていた。

ここで週二回弁当をつくり、休憩と称して届けにいっているのだから当然だ。しかも、休日返上で働くワーカホリックの自分が近頃は週末はきちんと休むため、想像は容易くついただろう。

高際自身も隠すつもりはなく、泰然とかまえていた。

最後のおにぎりを握り終え、三つの弁当箱にそれぞれ詰めながら答える。

「そうしたくなる子なんだ。俺的にはまだまだ世話を焼きたいし、もっと甘えてほしいんだが、あまりやりすぎると遠慮して逃げ出しそうなんで、とりあえずは現状で手を打っておとなしくしてる」

「いい子みたいだし、いつになくおまえの本気を感じる。でも、滝本氏はいいのかな？」

「こんなときに彼の話を持ち出してくる神経が、さすがはおまえだ」

「だって、彼の気持ちも知ってるからね。そっか。やっぱりおまえも心が痛むんだ」

「言ってろ。……ほら、できたぞ」

「ありがとう。いただくよ。感想は明日」

「ああ」

笹岡の分の弁当を渡し、悠斗と自分の分は紙袋に入れた。

休憩を取ると言って笹岡と別れる。エプロンを外して、いったんオフィス内のデスクに戻った。

椅子の背にかけていたスーツの上着を着て、ネクタイを整える。

背後にあるクロークからコートを取って羽織り、オフィスを出た。

エレベーターに乗って、地下の駐車場に向かう。車に乗り込んで時間を確かめると、十八時半を回っていた。

渋滞を考慮しても、目的地まで十九時までには到着できる。

エンジンをかけ、車を発進させた。思ったほど道路は混んでいなくて、案外スムーズに悠斗の自宅マンションに着いた。

駐車場に車を停めたときは、十八時四十六分だった。

勢い込んでいたせいか、約束の時間より十五分ほど早い。

あまり早く訪れるのもなんだし、時間をつぶそうと、一階にあるロビーでエレベーターを降りた。

「……ん？」

ロビーにしつらえられたソファに行こうとしたら、まさにそこに悠斗がいた。

ソファの横に立つ彼は、モスグリーンのタートルネックのニットにオリーブ色のパンツという部屋着らしき服装の上に、水色のダッフルコートを羽織っている。

声をかけたかったが、悠斗と向かい合って見知らぬ青年がいて思いとどまった。

そんな高際の前で、その男性が悠斗の髪を優しく撫でた。悠斗もそれを嫌がっていない素振りが見て取れる。

咄嗟に、非常口につづくドアがある柱の陰に身をひそめた。

見つからないように、顔を少しだけ覗かせて様子を窺《うかが》う。

青年は白いYシャツに臙脂《えんじ》色のネクタイを締めて、ダークグレーのスーツを着ていた。腕には黒のハーフコートをかけている。

ソファの上に置かれた黒い通勤鞄も含め、全体的にセンスよく映った。

聡明そうな雰囲気をただよわせた整った容貌だった。

身長は高際よりは低いが、一八〇センチそこそこに見える。美青年を見つめる悠斗の視線は、どこか複雑そうな印象だ。

耳を澄ませると、二人の会話が聞こえてきた。

「立ち寄ってみてよかった。顔を見たら、少し安心した」

「少しって、智尚さん。心配性もほどほどにしてくれないかな」

「今朝会ったときに、顔色が悪かったのは本当だ」

「ちょっと睡眠不足なだけだよ」

「ユウは我慢強いから、こっちが先回りしてちょうどいいくらいだしな」

「それって、母さんの入れ知恵？」

「まあな。おれにも甘えてくれていいんだって、何度も言ってる。いいな？」

「うん。ありがとう」

「そうだ。今度ゆっくり時間を取るから、ウチに遊びにおいで」

「でも、迷惑じゃない？　奥さんも今、いろいろと大変な時期だよね」

「大丈夫だ。千帆《ちほ》もユウに会いたがってるし、和希《かずき》にも会わせたがってる」

「和希くん、一歳になったんだっけ」

「先週な。そんなわけだから、遠慮はいらない」

「……じゃあ、都合がいい日を教えてよ」

「ユウの気が変わらないうちに、可能な限り早くスケジュールを調整する」

「無理はしないで」

「わかってる。そんなに気を遣うな。おれたちの仲だろう」

「智尚さん」

「なんて顔をしてるんだ。ほら」

そう言って、智尚と呼ばれた青年が悠斗に両腕を伸ばした。コートをかけているほうを腰に回し、もう片方で肩を抱き寄せる。

悠斗はまったく逆らわず、彼に身をあずけていた。

今のやりとりと悠斗の様子から、高際の脳裏にある憶測が浮上した。

先日、悠斗は恋人はいないが、好きな人はいると言っていた。もしかして、その相手があの青年なのではないかと思ったのだ。

ただし、彼は既婚者らしかった。悠斗もそれを承知で、妻も悠斗のことを知っている。青年のほうも、悠斗の母親と既知の口ぶりだった。どうやら、家族ぐるみのつきあいをしているようだ。

悠斗が彼を見る眼差しの意味深さは、片恋《かたこい》のせいではと察した。

高際のゲイセンサーに青年は反応しないので、異性愛者で間違いない。

「……そうか。よりによって、ノンケに恋してたとはな。それだけでも前途多難だってのに妻子持ちが相手とか、絶望的な片想いだ。まあ、ノンケのわりに成宮くんにベタベタするのはイラッとするし、彼がそれを許してるのもムカつくが」

ノンケならノンケらしく、同性を抱き寄せるなと声を大にして言いたかった。

百歩譲って仮に欧米育ちにしろ、日本にハグ文化などない。郷に入れば郷に従えと、自分のことは棚に上げて抗議文を突きつけてやりたかった。

「しかも、あの呼び方はなんだ。俺なんかまだ名字どまりなのに、いかにも親しげなニュアンスで腹が立つな。ていうか、『おれたちの仲だろう』って、どんな仲だって言うんだよ。そもそも、あんなふうに思わせぶりな言動を取るから、成宮くんがあきらめ切れないんじゃないのか」

いきなり現れた恋敵に、嫉妬のあまり小声で文句をつけた。

子供をダシに使って自宅に招くのもけしからんと呟いた瞬間、ふと思い至る。

現時点で、青年はマンションを訪れている。ならば、悠斗の部屋にも足を踏み入れたことがあってもおかしくないと気づいたのだ。

高際が泊まった際、貸してもらったスウェットを思い出す。

部屋着だから大きめのサイズを悠斗が着ていると思ったが、あれは青年のものなのかもしれなかった。

ソファベッドや宿泊グッズの充実ぶりなど、思い当たるふしがあった。

おそらく、青年を泊めるためにそろえたものなのだろう。

そうだとすれば、突然にしては慣れた感じだった悠斗の対応も腑に落ちる。

不毛な恋に身を焦がす悠斗が、なんとも気の毒になった。

「かわいそうにな。たぶん、成宮くんの心中は『彼が好きだけど、この想いを伝えるつもりはないし、一生秘めて生きていく。だって、もしばれたら嫌われるどころか軽蔑されて、そばにもいられなくなる可能性が高いから。それくらいなら、いっそ友達のままでいい。でも、会うとやっぱり胸が苦しくなって、好きって言いそうになる自分を、だめだめって必死に戒める』的なことのエンドレスループなんだろうな」

妄想した悠斗の葛藤を沈痛な面持ちで呟いた。彼の心情部分は微妙にものまねが入っていたのは無意識だ。

不憫《ふびん》すぎるとかぶりを振った高際は、今日の告白は延期すると決めた。

悠斗の胸中を慮ったら、それが無難な気がした。

高際とであれば、なんの障害もなく幸せになれると言うにしろ、タイミングが悪い。

仕切り直しだと思った瞬間、青年が悠斗から腕を離した。

「そういえば、人が来るんだったな」

「七時にね」

「そうか。じゃあ、事務所に戻る。いきなり来て悪かった」

「ううん。智尚さんとゆっくり話せてうれしかったし」

「おれもだ。また連絡する」

「待ってる。気をつけて。千帆さんと和希くんにもよろしく」

「伝えておく。ユウは部屋に戻って」

「うん。エレベーターのところまで一緒に行くよ」

「ああ」

そろってこちらに来るのを察知し、非常口のドアを開けて身体を滑り込ませた。

一分ほど待ってからドアを細く開き、二人の姿がないのを確認してロビーに戻った。その後、悠斗の部屋に向かう。

出迎えてくれた彼は、普段どおりに見えた。

弁当もいつもと変わらずおいしそうに食べて、絶賛の感想をくれる。気丈に振る舞ういじらしい姿に胸を打たれ、さらに愛《いと》おしくなった。

以後も悠斗を思いやりつつも、恋敵へは対抗心を燃やした。

青年のスキンシップを上書きする勢いで、会うたびに悠斗に触れてかまいまくった。同じ週の週末は、土日とも彼を誘って出かけた。

さすがに二日連続は初めてだったせいか、訝るよりも心配された。

日曜日の昼下がり、美術展に行った帰りに寄った喫茶店で切り出される。

「仕事は大丈夫？」

「俺がいなくても支障はないだろう。むしろ、いるほうがスタッフたちは萎縮してやりづらいかもしれないんで、今後は休みを取る方向でいくつもりだ。できた時間は可能な限り成宮くんに使いたいんだが、かまわないか？」

「高際さんの貴重な空き時間を、俺にそんなに使っていいのかな」

「ああ。無論、別の予定が入った場合は断ってくれてけっこうだ。俺もそうする。それでも都合が悪いか？」

「そういうわけじゃないけど…」

「どういうわけだ？」

「だから、つまり……俺以外にも過ごす相手はいるんじゃないかって話だよ」

「いなくはないが、そのときにはさっきも言ったとおり、前もってきみに断りを入れる。俺としてはなんの問題もない」

「まあ、そうだね」

「ただシンプルに、今までよりもっときみといたいだけだ。きみにもそんなふうに思ってもらえるとうれしい」

「……うん」

曖昧にうなずいた悠斗は、どこか困ったような表情だった。そう言ってほしいのは別の人物からだと思っているのかもしれない。

まさしく、その青年と会う時間を奪う目的もあった。

それ以上に、高際といることで気がまぎれたり、恋人候補と意識したりするようになってくれたら本望だ。

片想いについては、あえて触れなかった。

「いつだって、俺はきみのそばにいる。精神的にも物理的にもな。…って、微妙にストーカーちっくな発言に聞こえなくもないが、変な意味じゃなく、純粋に見守ってるぞってことだ」

「ありがとう」

「いや。ところで、来週はクリスマスウィークの上に、土曜日がイブで日曜日がクリスマスなんで、すでに約束が入ってるかもしれないが、週末の予定を確認したい。ちなみに、俺は空いてる」

「今すぐにはちょっと答えられないけど」

「確定してからでかまわない。とりあえず、二日間とも俺にくれっていう贅沢《ぜいたく》は言わないが、どっちかは一緒にいたい。俺の部屋できみが好きなケーキを焼いて、丸鶏でローストチキンもつくろう」

「楽しそうだね」

「二人なら楽しいはずだ」

直接的な言葉は口にしなかったものの、そうやって日々、好意を示した。

悠斗からの返事を待つうちに、木曜日になっていた。

急《せ》かしたくはないが、食材の準備を考えると、明日には答えがほしい。クリスマスプレゼントはもう買ってあるからいいがと思う高際はこの日、弁当店ではなくオフィスに出社していた。

カフェのプロデュース企画の第三弾の最終打ち合わせに滝本が訪れるためだ。

頭の隅で悠斗のことを想いつつ、午前中は別の企画の社内担当者との会議に出た。昼食を挟み、十三時からの滝本との打ち合わせに備えて会議室に行く。

笹岡と自分を含めて総勢六名で待ったが、時間になっても滝本は来なかった。

十分が過ぎた頃、笹岡が微苦笑しながら高際に言う。

「単なる遅刻じゃなさそうだね」

「ああ。おそらく、いつものやつだろう。…槙原《まきはら》くん、先方に確認してくれるか？」

「わかりました」

部下に滝本サイドに事情を訊いてくれるよう頼んだ。

すぐに、滝本の秘書と連絡がついたらしい。約束は十五時と思っていたので、取材の予定を入れてしまっていたそうだ。あと一時間もあれば終わると謝罪されて、彼に合わせて打ち合わせを十五時にずらした。

いったん解散して各々《おのおの》別の仕事を片づけ、十五時に再び集まる。

打ち合わせは十七時半過ぎに終わった。予定の二時間を三十分ほどオーバーしたが、実のある内容になったので満足だ。

次の来客を迎えた笹岡にかわり、高際がエレベーターの前まで滝本を送る。

滝本の秘書は、先に駐車場に向かっているとかでいなかった。

呼び出しボタンを押した高際を見て、彼がしおしおと頭を下げて言う。

「今日は本当にごめんなさい。僕のうっかりミスで、恭貴さんや征英さんたちに迷惑をかけちゃって」

「いや」

「この頃、あんまり会えてないから寂しかったな。忙しかった？」

「まあ…」

「そっか。それじゃあ、仕方ないね。あ。エレベーター、来ちゃった。じゃあ、またね。仕事だけど、会えてうれしかった」

「ああ。気をつけて」

上階から下りてきたエレベーターには、数名が乗っていた。

そこに乗り込んだ滝本が、高際に向けて胸の前で片手を愛らしく振ってみせる。こちらも軽く片手を上げてみせた。

ほどなく、エレベーターの扉が閉まって彼の姿が見えなくなる。

人のことは言えないが、滝本も言動とルックスにギャップがかなりあった。

せめてオフィスでは名字で呼ぶよう言っているものの、一向にあらたまらない。口調に関しては滝本のほうが年上だし、個性とあって容認していた。

前回の発注ミスなど、彼はとにかくミスが多い。本人に悪気は全然なく、かなり抜けているところがあるそそっかしい性格だった。

可愛げがあると言えなくもない。ゲイという共通点もあった。

「料理の才能は非凡だし、結果も出してるからな」

今回の第三弾も、うまくいきそうな手応えは充分だ。

実際に大ヒットとなれば第四弾につづくので、滝本との関係は切れない。

小さく息をついた高際がオフィスに戻った。デスクに座り、視界に入ったスマートフォンをなにげなく手に取る。

期待した相手からの新しい着信はなかった。

昼間、『今日のランチは?』というメッセージを送り、その返事がきて以降、なにも音沙汰はなかった。

うっすらと想像はついている。おそらく、例の青年の予定が定まらないのだろう。

そうでなければ、几帳面《きちょうめん》な悠斗の返事がこんなにも遅くはならないはずだ。

「俺にしておけよ。……ていうか、よし。ベタだが、クリスマスにコクってやる。そうしたら、成宮くんも『俺にも聖夜の奇跡が起きたのかな。これを機に悲しい片想いにはピリオドを打って、高際さんと素敵なトゥルーラブを育《はぐく》んでいこう♡』的な健全ミラクル思考になるかもしれないしな」

スマートフォンの待ち受け画面を眺めて、ものまねを交えながら呟いた。

さらに妄想をふくらませる。初めての年越し＆初詣《はつもうで》編、バレンタインデー編、花見編等々、一年間の主要なイベントを網羅した。

同棲《どうせい》編に突入し、ペットを飼いたいが、喘息の悠斗のアレルゲンになるからあきらめた高際に、猫耳と尻尾《しっぽ》をつけた彼が『ペットより俺を可愛がって？』と拗ねた口調で言い、自分が獣になるというところでストップをかける。

「……だめだ。楽しすぎてきりがない」

片手で口元を覆いつつ、ぼやくように言った。

ますますテクノロジーが進化した近い将来、スマートフォンを端末にしてエロ妄想を瞬時に読み取り、リアルタイムで映像化してくれたら、もっと楽しいのにと液晶画面を睨む勢いで見つめた。

いくら凝視しても変化はない。悠斗からの連絡もないなと思って、妄想からそちらに意識がシフトした。

互いに仕事中なのだから当たり前だが、今日は昼も夜も会えない日だ。

クリスマスデートを決行できるか否かもあって、気を揉んだ。

催促するかわりに、あの澄み透った声が聞きたかった。彼の美声が高際の下の名前を呼ぶのを想像し、口元がほころぶ。

「呼び捨て一択だな」

呟き、にやついてしまいそうな顔面筋を叱咤して、しかつめ顔を保った。

ふと思いついて、先月の末に二人で出かけたもみじ狩りで撮った写真を見る。動画も見ていたら、直《じか》に声を聞きたい欲求が再燃した。

たしか、悠斗の会社の終業時間は十七時半だったはずだ。

眼前のスマートフォンでは、十八時まであと十分というところだ。

今の時期、残業はないと言っていた。帰りの道中なら、着信に気づかれないかもと思いながらも、衝動を抑え切れずに電話をかける。

「さて、出るかどうか」

柄にもなく、心臓をバクバクさせて待つ。

ほんの十数秒が長く感じられて溜め息をついた瞬間、通話がつながった。

「もしもし。高際さん？」

「ああ。今、話して大丈夫か？」

「うん。どうしたのかな」

鼓膜をくすぐる澄んだ細い声に、胸が躍った。同時に、なんとなくもの憂い響きを聞き取って、微かに眉をひそめる。

少ししか話していないが、ほとんど毎日聞いているので違いはわかる。

なにかあったのではと、一瞬で思考をめぐらせた。もしかしたら、週末に青年と会えなくなったのかもしれない。

本当にそうなら高際にとっては朗報だが、悠斗には悲報でしかないだろう。

ついでに、ネットニュースで読んだ記事も脳裏に浮かんだ。今日は南岸低気圧の影響で午後から急激に気温が下がるという予報が出ていたのを思い出す。気圧と気温の変化に敏感な彼の体調も気にかかった。

前者は言えないとあって、後者だけを訊ねる。

「寒くなってきたんで、気になって電話してみたんだ」

「そうなんだ。わざわざありがとう。でも、大丈夫だから」

「本当か？　アンニュイな声がけだるそうに聞こえるぞ」

「気のせいだよ。高際さんのほうこそ、こんな時間に電話なんかして、仕事は平気？」

「ひと息ついてるところだ。コーヒーを飲むより、きみの声が聞きたいと思ってな。天気予報も思い出したんで、だめもとでかけてみたら話せた。どうせなら、今から色っぽい会話でもしてみるか。そうだな。『恭貴、ぎゅってして♡』って、思いっ切り艶っぽく囁いてくれるか」

「い♡や♡だ♡」

「断る台詞を甘く言われると、塩対応でも受け入れやすいな」

「それ以前に、職場でなにをやってるんだって話だし。周りの人に聞かれたらどうするのかな」

「眉間にしわを寄せた苦悩に満ちた真顔で、しかも低めの小声で話してるんで、取引先と重要かつ深刻な話をしてるか、クレームをつけられてると判断されるだろう。だから、きみと絶賛いちゃいちゃ会話中とは誰にも気づかれない」

「まじめに仕事しようか」

「だから、ブレイク中なんだって」

テンションが低めな中でも、笑いまじりの声色になった悠斗に多少安堵した。

咳も出ていないので、現状は体調に懸念はないと判断する。

心理的に参っているとすれば、どう元気づけようかと思ったときだ。

オフィスの入口から、滝本が入ってきたのが高際の視界に入った。

「？」

帰ったはずなのにと眉をひそめる。滝本に気づいた社員が応対したが、なぜかその社員を引き連れて室内を歩き始めた。

打ち合わせをしていた会議室にも行き、また戻ってきて周囲を見回す。

相手をする社員の困惑顔を認め、高際は内心で溜め息をついた。来客に対応している笹岡が無理なら、私用の電話中の自分しかいない。

仕方なく立ち上がり、いささか早口で悠斗に告げる。

「成宮くん、悪い。いったん切る」

「あ、うん」

「すぐにかけ直すんで、ちょっと待っててくれ」

「わかった」

「じゃあな。……滝本さん！」

声をかけると、滝本が高際に気がついて歩み寄ってきた。どことなく不安そうな表情で、縋《すが》るような視線を向けられる。

社員に『任せろ』と目配せして、あとを引き継いだ。

「なにか？」

「あのね、忘れ物を取りにきたんだけど」

「なにを？」

「スマホだから、絶対に見つけないと大変なことになっちゃうと思って」

「ああ。鳴らしてみた？」

「ううん」

訊ねる傍ら、持っていた自分のスマートフォンで滝本に電話をかけた。

もしスマートフォンの忘れ物や落とし物があれば、最後に会議室を出た社員が発見していそうなものだ。

誰もなにも言っていなかったし、報告も受けていなかった。

「マナーモードにしてるから、かけてもわからないと思ってかけてな……って、あれ？」

「滝本さん？」

「なんか、ブルブルしてる。あ！　やった。あったよ、恭貴さん！　コートのポケットに入ってたみたい！！」

「……なるほど」

「もう、やだ。僕ってば、なんでこんなにドジなんだろう。参っちゃうな。でも、ここに忘れてなかったら、どこで落としちゃったのかわからなくて、めちゃくちゃ焦ってたから、見つかってほんとによかったあ」

「……たしかに」

「ありがと。さすがは恭貴さんだね」

「いや……」

誰もが真っ先に思いつくだろう方法を実践したに過ぎない。

なにより、個人情報の塊とも言えるスマートフォンを紛失するのは、いろんな意味で痛い。彼とつながりのある人々の個人情報まで芋づる式に流出してしまう。

近頃は、電子マネーもチャージしているからなおさらだ。

事なきを得た滝本の笑顔を見ながら、乾いた笑みを湛えた。

結局、忘れ物を取りにきたが、忘れ物はしていなかったというオチだ。

さすがは滝本と思いつつ、再度、エレベーターまで見送りにいった。オフィス内に戻る前に、悠斗に電話をかける。

さきほどはわりとすぐつながったのに、今度は留守番電話になった。

何度かけても同様で、高際が首をひねる。

「なんでだ？」

かけ直すのを了承されていた分、訝しんだ。

仕事とは考えにくいが、可能性がないとも言い切れない。どこにいるか訊き損ねたのがもどかしかった。

微妙に元気がない声だったので、悪いほうに想像してしまう。

心理的な問題なら、おそらく悠斗はそれを堪えて電話に出る。出ないとなると、別の不測の事態が生じたと推測できた。

「……まさか」

体調を崩したのではと思い至る。だから、出たくても電話に出られないのだとすれば、納得がいく。

自宅もだめだが、会社や帰り道で発作が起きて倒れていたらと不安を覚えた。留守番電話サービスに残した、折り返し電話がほしいという伝言にも反応はない。何通も送ったメッセージにも返信はなかった。

連絡がつかない状況に、高際の心配がピークに達する。

意を決してデスクに戻り、クロークにかけていたコートを手に取った。近くにいた社員に『ちょっと出てくる』と言い残し、オフィスを飛び出す。

駐車場に停めてある自分の車に乗り、悠斗のもとに向かった。

「マジで最悪」

溜め息まじりに呟いて、悠斗は肩を落とした。

中途採用者の面接日程を調整していたのに、それを面接担当者に伝え忘れていた。てっきりメールしたつもりが、していなかったのだ。

幸い、まだ余裕があったので大事には至らずにすんだ。とはいえ、最近はこれ以外にもミスを重ねていたため、先輩からも注意されてしまった。

普段は優しい人なので、よほど目に余ったに違いない。

しっかり者の悠斗にしては珍しいが、以後は気をつけるようにと苦笑された。自分が悪いとわかるだけに落ち込んだ。先輩だけでなく、同僚たちにも迷惑をかけて申し訳なかった。

原因はわかっている。恋人がいると承知で、高際への想いを断ち切れずにいる精神的なストレスのせいだ。

相反する気持ちを抱えたまま、惹かれるのも会うのもやめられない。

いつもの自分ではありえないくらい、くよくよしていた。本気で誰かを好きになると、こんなふうになるのだろうか。

罪悪感と恋心の狭間《はざま》で葛藤するあまり、睡眠不足に陥った。

仕事中もぼんやりしたり、彼のことを考えたりして、集中力が欠けてミスにつながるという経緯だ。

週末に会う約束の返事をするのも気が重かった。

今日はもう木曜日で、デッドラインの認識があるから余計だ。

高際の誘い自体はうれしいが、さすがに今週末に会うのは気が引けた。友人とクリスマスパーティの気分で乗り切るには、彼を好きになりすぎている。

今さらながら、滝本に対して後ろめたかった。でも、高際を想う気持ちは止められそうにない。かといって、告白して彼を困らせたくはないし、良好な友人関係を壊すのも不本意だった。

恋情を昇華させて友達に戻るのも難しそうで、溜め息ばかり漏れる。

これから、どうやって高際と向き合ったらいいだろうと悩みは尽きなかった。

プライベートを仕事に持ち込んだ結果が、この有様だ。

終業後に忠告してくれた先輩に感謝する。業務中だったら、それを引きずってさらにミスを重ねていただろう。

一晩あれば、どうにか意識を切り替えられる。まだヘコんでいるがと微苦笑を浮かべたときだ。

「……っ」

終業時間を迎えて、片づけたデスクに置いていたスマートフォンが着信を知らせた。

反省しながらも、高際に返事をしなければと思って出していたのだ。その彼から電話がかかってきて、小さく息を呑んだ。

出ないほうがいいと思う一方で、恋しくて胸が高鳴る。

迷った末に、コートを腕にかけて通勤鞄を持ち、スマートフォンを手にオフィスをあとにした。

フロアごとに設置されている休憩ルームに向かいつつ、電話に出る。

高際の声を聞くと胸が痛くなる反面、慰められる心地にもなった。

相変わらず、ふざけられて和む。エロ妄想も言われて笑ったが、体調を気遣って連絡してくれたとわかり、せつなくなる。

どこまでも優しく気にかけてくれて、温かい言葉もかけてもらってうれしい。けれど、それが友人や弟みたいな扱いでしかないと思うと、やるせなかった。

急用ができても、またかけ直すと告げる言葉にも悲喜が入り乱れる。

「じゃあな。……滝本さん！」

「え？」

通話が切れる寸前、聞こえてきた思わぬ名前に鼓動が速まった。

今、高際は滝本と一緒にいるのだ。恋人でもあり、仕事でもコラボレーションしている二人だから、高際の会社に滝本がいても不思議はない。

それでも一応、おそらくは会社にいるから、公私の区別をつけて名字で呼んだのだろうと察する。

「……そうか。別に週末じゃなくても会ってるんだ」

かすれた声で自分が言った内容に、胸が軋《きし》んだ。

ほぼ毎日、高際と連絡を取り合ったり、顔を合わせたりしているのは、悠斗だけではないのだと遅まきながら気づいた。

スマートフォンをのろのろと通勤鞄にしまう。やはり、電話に出なければよかったと後悔しつつ、これは罰なのかもしれないと思った。

たとえ悠斗の片想いでも、現状を滝本が知れば、いい気はしないだろう。

「下心がある相手が、恋人といるなんて……」

自分が滝本の立場だったら、絶対に嫌だ。それが面識のある人物となれば、さらにおもしろくない。

そこまでの認識があって想いを抑え切れないのなら、取る道は決まっていた。

「もう、会わないほうがいいのかも」

導き出した結論を、小さな声で呟いた。

明日も合わせてあと三回、弁当を届けてもらう日があるが、それも潮時だ。

途中でやめるのは心苦しいが、高際と二人きりになるのは避けたかった。自分一人が抜けたところで、ほかにもモニターはいるから問題ないはずだった。

今日から急遽《きゅうきょ》、実家に帰ってしばらく滞在することになったとでも弁解すればいい。

母親と樫山が入籍する明後日の二十四日に合わせて顔を出す予定ではいたから、あながち嘘でもなかった。

今後はキッチンワゴンにも行かないようにして、彼とは距離を置く。

自宅と連絡先は知られているけれど、どうにかなる。潔く、あきらめるのだ。

高際と親しくなる前の自分に戻るだけと考えて、不意に途方に暮れた。

「……戻れるのかな」

自らで決めた彼と離れるという選択に、想定外にうろたえた。

高際がいない、高際とかかわらない生活を想像して胸が締めつけられそうになる。それでも、ほかに方法はなかった。

動揺をおさめるために、外で風に当たって頭を冷やそうと思い立つ。

寒さに備えてコートを着込み、エレベーターの前に行った。

ほどなくやってきたエレベーターには、壮年の男性三人と、悠斗と同年代の女性が二人乗っていた。

会釈して乗り込み、閉じるボタンを押す。扉が閉まってすぐに、悠斗は微かに眉をひそめた。

エレベーター内に、女性ものと思しき香水の香りが充満していたのだ。

斜め後ろにいる女性たちのどちらかがつけているのだと思うが、かなりきつい。

「……っ」

決して嫌な香りではないけれど、なんとも強すぎる。

息を止めるにも限界があった。こんなときに限って、各階でエレベーターが止まる。そのつど、女性がいる奥のほうへと悠斗も移動せざるをえなかった。

まずいと思ったときには、呼吸が苦しくなってきていた。

どうにか堪えたかったものの、咳を我慢するのは難しい。コートのポケットから慌ててハンカチを取り出し、口元に当てて軽い咳を繰り返した。

一階に着くまでの間に、気分が悪くなってしまった。

ここのところの睡眠不足とストレスに加え、香水の強い香りで喘息の発作が誘発されかかっている格好だ。

まだ息苦しい程度で喘鳴はないから、大事には至らないはずだ。

うつむきがちに最後にエレベーターを降りた悠斗に、声がかかる。

「悠斗くん？」

「……ああ。どうも…」

おもむろに顔を上げると、三つ揃いのスーツにコートをまとい、ブリーフケースを持った樫山がいた。

相変わらず、全身隙なくビシッと決まっている。

端麗な相貌で身長も一八〇センチ近くあり、スラリとしていた。五十四歳という実年齢よりも十歳以上は若々しい。

三十歳近い子供どころか、すでに孫までいるとはとても思えなかった。

出先から帰ってきたらしい彼と、ちょうど出くわしたようだ。

悠斗の顔を見るなり事情を把握したのか、表情が引きしまった。喘息のことは樫山も承知のせいだ。

迷わず伸ばしてきた手で肩を抱いて支えてくれながら言う。

「私に身体をあずけていいから」

「…すみません」

「水くさいことを言わないでほしいな。さあ、おいで」

「うん……」

とりあえず休もうと、ロビーのソファに連れていかれた。

促されて座り、樫山の肩口に寄りかかる体勢になる。少しして呼吸がだいぶ楽になったところで、顔を上げて彼に問いかけた。

「時間は……どのくらい、経ったかな?」

「十五分弱くらいだ」

「事務所に、戻らなくて……大丈夫…?」

「平気だよ。急ぎの用件はないから」

「……よかった。……久嗣さんにまで、迷惑をかけて…ごめん」

「もっと頼ってほしいくらいだから、迷惑とは思ってない証拠だろう」

「さすがは、親子だね」

「つまり、智尚も私と似たようなことを言ったわけか」

「莉菜さんも、だけど……」

「私たちにとって、悠斗くんはもう家族だからな」

「うん……俺にとっても、そうだよ」

「あらためて当人の口から聞くと、なんともうれしいな」

背中を撫でていた樫山の手が肩に移り、悠斗を軽く抱き寄せた。

もうひとりの息子だと思ってくれているのが伝わってきて、胸が温かくなる。母のことも大事にしてくれている彼を、そんなに遠くない未来に『父さん』とすんなり呼べる日が来そうだった。

あと三十分は余裕があるから、そばについていられると言われてうなずく。

時間が経過するにつれて、気分の悪さが治まってきた。

どうにか発作は起こらず、体調が落ち着いてきて安堵を覚える。

ゆっくりと上体を起こした悠斗に、樫山が眉を微かにひそめた。

「悠斗くん？」

「もう平気だから」

「たしかに、顔色がよくなったな」

「おかげさまで」

「だが、あくまで『さっきよりは』だ。やはり、一緒に住まないか？」

「久嗣さん」

悠斗の顔を覗き込むようにして、彼が真剣な顔つきで訊ねてきた。

ひさしぶりに具合が悪いところを目撃したせいで、過保護魂《だましい》が刺激されたらしい。引っ越す前の議論を再び持ち出された。

「せめて私の目が届くところにいてくれたら、なにかあった際にもこうやってついていてやれる」

「今も職場が目と鼻の先だから、ほとんど毎日会ってるよ」

「四六時中でも顔を見ていたいんだ」

「でも……」

「それとも、私と暮らすのはそんなに嫌かい？」

「そういうわけじゃないよ。ただ、久嗣さんにも幸せになってほしいだけ」

「悠斗くんがそばにいてくれたら、さらなる幸福を感じられる。きみのことが本当に大切だからね」

「…うん。ありがとう」

「今から考え直しても遅くない。家に来ないか？」

「……」

これまでなら即座に断っていたはずの樫山の勧誘に迷った。

高際と会わなくなったら、たぶん寂しくなる。自宅には彼と過ごした思い出があって、いちだんとつらそうだ。

高際と距離を置く意味でも、実家に帰るのはありかもしれなかった。

もちろん、ずっとではなく、しばらくの間だけだ。心の整理がついて彼を吹っ切れたときには、部屋に戻ってまた一人暮らしをすればいい。

母親と樫山の新婚生活を邪魔するのは申し訳ないがと思いつつ、悠斗がうなずきかけた瞬間だった。

「来るなら、ぜひウチにしてもらおうか」

「……っ」

割って入ってきた聞き覚えのある低い声に、悠斗は驚いた。

咄嗟にそちらへ視線を向けると、高際がいて双眸を見開く。彼は会社にいるはずと訝る途中で、電話をかけると言っていたのを思い出した。

滝本と一緒にいるのを知ったあと、スマートフォンは通勤鞄に入れたまま、一度も見ていない。

もしかしなくても、電話に出ない自分を心配して駆けつけてくれたのだろう。

そういう人だとわかっているから好きになったのだ。

大股ですぐそばまで近寄ってきた高際を、座った格好で見上げた。

実家へ帰ることを伝える好機だと、悠斗が口を開くより早くつづけられる。

「つかぬことを訊くが、成宮くんにはあと何人、片恋候補がいるんだ?」

「……え⁉」

「妻子持ちのエリート風ノンケ美青年に絶望的な片想いだけでも大概なのに、年齢不詳のビリオネア風美中年紳士と危険なアバンチュールまでって、守備範囲が広すぎだ。どこまで俺の気持ちをもてあそぶ気なんだろうな」

「高際さん、あの……なにを言ってるのかな?」

「俺はきみを好きだから、恋人を選ぶなら俺にしろって話だ」

「……嘘だ」

「告白してるのに、嘘つき呼ばわりされる覚えはないぞ」

「あなたが滝本さんとつきあってるって知ってる」

「なんだって⁉」

「だから、俺は高際さんに会ったらだめなんだ。これ以上はもう…」

「ちょっと待て。きみがなにを言ってるのか、さっぱりなんだが?」

「ごまかさなくていいよ。悪いのは俺だし」

「いや。なにもごまかしてないし、なにが悪いのかもわからないんで、きちんと説明してくれって言……」

「はいはい。二人ともその辺でやめようか」

そこに、穏やかながら反論を許さない声で樫山が割り込んできた。思いがけない高際の登場で、意識が削《そ》がれていた。

樫山がいるにもかかわらず、際どい会話をしてしまっていたのだ。

奇跡的にも自分たち以外、周囲に人がいなかったのは幸運だった。人目を気にしない高際のメンタルの強さに、大きな溜め息をつく。

樫山の前でこんな愁嘆場を演じるのは、いただけなかった。

いくらセクシュアリティを知られていても、さすがに気まずくて取りつくろう。

「ええと……久嗣さん。これは、その…っ」

「いいんだよ、悠斗くん。そちらの彼を紹介してもらえるかい？」

「あ、うん。…高際恭貴さんっていって、俺の……友人だよ」

「そうか。あらためまして。どうも初めまして、高際さん」

ソファから立ち上がった樫山が、高際に向かってにこやかにそう切り出した。

おとなげなく、無視もできなかったらしい。渋々ながらもきっちり挨拶を返した高際に、樫山が如才なく名刺を差し出してつけ加える。

「私は樫山と申します。このビルに入っている公認会計士事務所の所長であると同時に、明後日には正式に、法的にも悠斗くんの父親になる者です」

「⁉」

名刺を受け取った高際が片眉を上げ、悠斗に視線で真偽を確かめてきた。

小さくうなずくと、深く息をつかれた。どこかばつが悪そうな表情を浮かべた高際に、樫山はさらにつづける。

「それから、高際さんいわく『妻子持ちのエリート風ノンケ美青年』は私の息子だと推測できますが、彼も悠斗くんの兄になるだけですから懸念には及びません。ちなみに、私には娘も一人いますが彼女はレズビアンなので、やはり心配はいらないかと存じます」

「……詳細な説明をありがとうございます。あと、ご子息にもですが、樫山さんに対しても失礼なことを言って申し訳ありませんでした」

「いえ。的確で愉快な表現でしたから楽しめました。私と息子に関する誤解は解いたので、これで失礼します。あとは、場所を変えて二人で存分に話し合ってください」

「そうさせてもらいます」

「引き継ぎ事項としては、悠斗くんは約四十分前に具合が悪くなって、さきほど回復したばかりです。気をつけてあげてもらえますか？」

「わかりました」

「それじゃあ、悠斗くん。また連絡するよ」

「うん。いろいろと、ありがとう」

訊きたいことはあるだろうに、なにも言わずにいてくれる樫山がありがたかった。

腰を上げた悠斗の髪を撫でてから、樫山はエレベーターのほうに足を向けた。待機していたエレベーターに乗り込む彼を見送った直後、いきなり身体を掬《すく》われる。

またも横抱きにされたとわかり、間近にある高際を軽く睨んだ。

「下ろしてくれるかな」

「路駐してるんで、急いで戻らないとまずい。きみを走らせるわけにはいかないし、外は雪がちらつくほど冷え込んでるとなれば、こうするのが一石二鳥だ。…ああ。きみの鞄は持ってるからな。さて、行くぞ」

「高際さん！」

「前に抱き上げたときより軽くなった気がするが、ちゃんと食べてるか？」

「……食べてるよ」

鋭すぎる指摘に、内心で舌を巻いた。あまり食欲がなくて体重が落ちたのは確かだだが、それを正確に感じ取れるのがすごい。

どんなに頼んでも下ろしてもらえず、仕方なくあきらめた。

周りからの視線を察し、ビルの入口の手前で彼の肩口に顔を伏せた。

すっかり嗅ぎ慣れてしまった香りに包まれて、せつなくなる。

告白されても、現状で素直に喜べるはずがなかった。浮気はしない主義だと言ったのに、高際がなにを考えているのかわからない。

外の冷気に触れて身を震わせたら、抱きしめる腕に力が込められた。

「やっぱり、この寒さで具合が悪くなってたんだな。来てよかった」

「……まあ、うん…」

体調を崩した本当の理由は言えずに、話を合わせた。

早足でも揺るぎない足取りで、すぐに車の横にたどり着く。地面に下ろされたのはほんの一瞬で、ドアを開けてくれた助手席に乗せられた。

彼も後ろを回り込み、運転席に乗り込んでくる。脱いだ自身のコートと悠斗の鞄を、長い腕を伸ばして後部座席に置いた。

シートベルトを締めたあと、エンジンがかかって車が動き出す。

暖房を強くしてくれているのか、徐々に暖かくなってきて肩の力が抜けてきた。

不意に、自宅に向かうルートとは違うと気づいた悠斗が行き先を訊ねる。

「どこに向かってるのかな?」

「さっきも言ったとおり、俺の家だ」

「……ふうん」

訪れたことがない高際の自宅に行くと知り、複雑な心境になった。

話の内容が内容だけに、人目がある場所は避けたい。ならば、自分の部屋にするかと問われたら、承諾できなくて受け入れざるをえなかった。

思うところがあるのか、道中の車内では彼も珍しく黙り込んでいた。

車を走らせてしばらく経った頃、高層マンションの前に到着した。敷地内にある駐車場に車を停めてくるから、寒い外で悠斗を待たせるよりは先にエントランスに入っているほうがいいだろうと言われて降車する。

配慮への感謝以前に、また抱えられるのは勘弁してほしかったせいだ。

鞄を手に自動ドアをくぐってエントランスに足を踏み入れる。暖房が効いているわけではないが、ほのかに暖かく、風が遮られてホッとした。

それほど待たずにやってきた高際と中に入る。さらに奥にある二枚目の自動ドアの脇の壁に設置されたパネルに彼がカードキーを翳《かざ》した途端、ドアが開いた。

訪問者はパネルに部屋番号を入れて訪問先を呼び出し、ロックを解除してもらわないと入れないらしい。

ロビーには、ホテルのフロントのようなカウンターがあった。

ダークグレーのスーツを着た落ち着いた佇《たたず》まいの青年がいて、目が合うと微笑まれる。

会釈を返した悠斗の隣にいる高際に、その人が声をかけた。

「お帰りなさいませ、高際様」

「ただいま、阿久津《あくつ》さん。…成宮くん、彼はこのマンションのコンシェルジュだ。なにかあれば、なんでも訊くといい。あと二人いるが、追々紹介する。…阿久津さん、こちらは成宮悠斗くん。今後、ウチに出入りするようになるんで、顔と名前を覚えてくれると助かる。彼だったら、俺がいないときに来ても入れてくれてかまわない」

「高際さん⁉」

「かしこまりました。よろしくお願い申し上げます、成宮様」

「……はい」

高際の面目もあるので、全否定もできずに曖昧にうなずいた。

阿久津に見送られてエレベーターに乗り、彼の部屋に向かう。

案内された室内のリビングに設置されたコの字型の黒革の大きなソファに、少し間を置いて座った。通勤鞄も膝の上に乗せたままだ。

初めて訪れた部屋を観察する心のゆとりなどなかった。

つらい話は短時間ですませて帰るだけだ。コートも脱がずに浅く腰かけた体勢で、硬い表情の悠斗が早速、本題に入る。

「高際さん。好きとか言って、俺をからかわないでくれるかな」

「俺は本気だし、きみを好きなのも本当だぞ。そもそも、なんで俺が滝本氏となんてありもしない誤解をしてるんだ」

「滝本さんから聞いたんだから、本当に決まってる」

「つまり、本人が俺とつきあってるって言ったのか。いつの話だ？」

「それは……」

滝本には申し訳なかったが、黙っていたら埒が明かないと判断した。レストランで偶然、会ったときのことを話す。すると、前傾姿勢で開いた足に両肘をついた体勢の高際が、なぜか両手で頭を抱えた。

「……私生活にこれほど実害が出るとか、マジで笑えないぞ」

低くそう呟いて顔を上げた彼に、溜め息まじりに説明されて驚く。

悠斗が滝本に聞かされたことのほうが嘘だったからだ。悪人ではないけれど、勘違いと思い込みが激しい人物らしい。

たとえば、高際と共同経営者の笹岡が丁寧に接しただけで『なんていい人たちだ！』と感激される。滝本のミスを業務の一環なのでカバーしたら、特別扱いされていると思って『タイプが違うイケメン二人から愛されてて困っちゃう♡』と勘違いを炸裂させて恋人気取りになるといった具合だ。

そんなことでハイテンションになって、仕事にプラスに働くのならいい。

ただし、自分の発言をどう解釈されるかわからないため、滝本とは必要最低限しか言葉を交わさないそうだ。

誰とでも軽く三十分は立ち話ができそうな高際だけに、意外だった。

それでも、仕事上のつきあいはこれからもつづく見込みで、今までは別に害もなかったから放置していたという。

にわかには信じられないような話だが、実話らしかった。

高際と滝本が恋人ではなかった事実に安堵する。滝本には振り回されたけれど、不思議と今も憎めないままだ。

罪悪感からも解放されて気が抜けた悠斗に、高際がぼやく。

「まさか、俺の恋人と名乗るとはな。……ああ。なるほど。それで、俺が嘘つきっていうさっきの台詞につながるわけか」

納得したような顔で呟いた彼が、思い出したとばかりにつづける。

嘘つきつながりで、弁当のモニターの件は実は嘘だったと謝られた。

悠斗と親しくなるきっかけが欲しかったのが動機と言われたら、怒れるはずもない。

多忙な中、自分のためだけに弁当づくりをしてくれていたのだ。なんと贅沢なと、いちだんと感激した。

ドライブに出かけたときにつくってきてくれたランチと、夕食用の弁当の味が似ていたのも当然だ。

初期の段階から特別視されていたと知って、かえってうれしかった。

逸れた話題をもとに戻した高際が、怪訝《けげん》そうに眉をひそめる。

「だが、俺に会ったらだめと、きみが悪いっていう台詞の意味は……」

「……っ」

気をゆるめたのも束《つか》の間、核心に迫られて息を呑んだ。

悠斗の思考を正確に解読し、想いを悟ったのだろう。瞬く間に精神的な復活を遂げた彼が喜色満面で身体をずらして寄り添ってきた。

膝の上に乗せていた鞄を床に置き、悠斗の両手を取ってつながれる。

振り払おうとする力も弱々しくなった。顔を覗き込むようにされて目を伏せても、突き刺さるような強い眼差しにさらされて頬が熱くなる。

隠す気もないのか、あからさまに弾んだ声をかけられた。

「成宮くん、俺の心の準備は万全だ。むしゃぶりつきたくなるその唇にフライングでキスしないよう理性を総動員して待ってるんで、決定的な『好き♡』系の台詞を甘く紡いでくれてかまわない」

「…そんなふうに催促されると、逆に言いづらいんだけど」

「だったら、まず俺がやり直そう」

「え？」

「きみが好きだ。親しくなってすぐに惹かれ始めて、きみのことを知るにつれてもっと好きになった。自然に誰かを気遣えたり、恋敵まで思いやって自分が我慢したりする健気《けなげ》なところも愛おしい」

「……………」

「何度も言ってるが、俺にだけは気を遣わないで甘えていい。お母さんを守る役目を今までひとりで頑張ってきたきみを、これからは俺が守りたいんだ」

「……っ」

「世界中の誰よりも、きみを大切にすると誓う。幸せにする自信もあるんで、俺の恋人になってずっとそばにいてくれ」

「高際さん…」

いざとなると心に沁《し》みることを言う高際に、胸がいっぱいになった。

きちんと理解されているのが、とてもうれしかった。そこへ、さらに言い添えられる。

「無論、俺がつくる料理を今後も食べつづけてほしいし、ランチ用の弁当も毎日つくらせてほしいし、たまには二人で裸エプロン込みでキッチンに立ってほしい。あと、エロ妄想の永久主人公の座も正式にオファーする」

いかにも高際らしい補足に、悠斗は泣き笑いの表情を浮かべた。

細やかな配慮をしてくれるのも、仕事熱心な面も、変態めいた発言もひっくるめて、彼のすべてが好ましい。

何度もうなずいたあと、ゆっくりと視線を上げた。

高際を見つめて、秘めてきた想いを告白する。

「俺も、どんな高際さんとも一緒にいたい。…やっと言える。……あなたのことが、泣きたいくらい好きだ」

「……破壊力抜群のラブリーワードに、感動と興奮で鼻血が出そうだな」

「高際さんが両方の鼻孔から流血してても好きだから、心配いらない」

「心強い言葉だが、そろそろファーストネームで呼んでくれ。俺は遠慮なく呼び捨てにする気満々だぞ。嫌か？」

「嫌じゃないよ。うれしいかな」

「俺のことも呼び捨て希望だ。…ということで」

「あ……」

つながれていた両方の手がほどかれて、悠斗の眼鏡が外された。それほど強い近視ではないので、彼の表情はしっかり見て取れる。

ローテーブルに眼鏡が置かれるのを無意識に目で追った。

「悠斗」

「！　高際さ……恭貴？」

宣言されていたが、早速、下の名前で呼び捨てにされてドキッとした。

慌てて自分も言い直しながら視線を戻す。焦点がぼやけるほど近くに、クールな相貌があった。

咄嗟に息をひそめた悠斗に、低い声が囁く。

「悠斗の素顔をこの距離で見るのは初めてなんで、じっくり堪能しようかと」

「目元に眼鏡の痕があって微妙だと思う」

「その程度では、きみの美貌は一ミリたりとも損なわれない。むしろ、愛嬌《あいきょう》だ。…ふむ。色白なだけじゃなく肌理《きめ》が細かくて、睫《まつげ》が長いな。なにより、小ぶりだが薄くも厚くもないちょうどいい感じの唇が魅力的すぎて、思わず吸い寄せられる」

「え？　……っんん⁉」

観察の時間かと思いきや、おもむろに傾けられた顔が迫ってきた。

唇を重ねられて、ひどく動転する。反射的に身を離したが、素早く腰を浮かせてソファの背についた高際の両腕に囲われてしまった。

足の間に片膝もつかれて、逃げ場を失う。

「ちょっと待って」

「断る」

「や、恭貴っ」

制止を即行で却下した彼の肩口を両手で押し返しつつ、キスから逃れた。それでも追いかけてくる唇が悠斗の口角や頰、顎、首筋を這い回る。

肌を吸い上げるちくりとした痛みで、動揺に拍車がかかった。

想いを確かめ合った恋人同士の自然な流れの行為だと、頭では理解できる。ただ、勝手がわからずに戸惑いが先に立つだけだ。

「あのさ。ええと……」

「待てはもう聞かない。きみの今日の体調を考慮して手加減はするが、きみが欲しいんで嫌がられてもやめてはやれない。あしからず」

「わかってる。拒絶じゃなくて、あの…っ」

「恥ずかしいからっていう理由は可愛いだけだし、俺を煽《あお》る材料にしかならないぞ」

ようやく顔を少しだけ離してくれた高際が、悪戯っぽい口調で言った。

間近で彼を見上げながら、悠斗がゆるゆるとかぶりを振る。

「違う。俺は、その……初めてで、正直パニクってるから……やることすべて、きっと下手だと思うけど、最後まで呆れないでいてくれるかな。…たぶん、教えてもらったら上達する……はず……？」

「………」

「あ。こう見えて、運動神経は意外といいんだ。…いや。車の運転と同じ理論でエロ神経とも関係ないか。…ていうか、ごめん。……これほど好きになった人と両想いになれただけでもすごいのに、いきなりこんな展開になってテンパってて、自分でもなにを言ってるのかわからなくなってきた」

「……純潔なだけでもうれしい誤算なのに、なんだこの可愛すぎるリアクションは」

真顔でそう呟いた直後、高際が再度、覆いかぶさってきた。

仰《の》け反《ぞ》る暇も、避ける暇もなかった。鼻先同士がついた吐息が触れる距離で、真剣な声色で訊かれる。

「念のために確認するが、キスもしたことがない？」

「…まあ、うん」

「ディープキスはまだしも、触れ合わせるだけの子供騙《だま》し的な軽いものや、頬や額や手の甲や、とにかく唇以外のどこも？」

「誰ともつきあったことがないから……」

「……恋愛経験豊富と見せかけて初心《うぶ》とか、ギャップ萌えが趣味じゃない俺の男心さえもくすぐる上に、今の告白は『俺の初めてを全部あげる。優しく奪って♡』的な誘い文句で、確実に俺の理性に喧嘩を売ってるとしか思えないな。当然、喜んで買ってやるが」

「そんなつもりはまったくないんだけど」

「照れなくてもいい。性にアグレッシブな恋人はウェルカムだ。無論、シャイでもそれはそれで大好物なんで問題ない。もし行為中に体調に異変があれば、俺が責任を持って介抱すると約束したところで、やっぱりリミッターは解除の方向に軌道修正して、心置きなく欲望の海に仲良くダイブしようか」

「ぜひ、初心者仕様で……んぅんん⁉」

顔を斜めに向けた高際に、首が仰け反るような体勢で唇を塞がれた。

さきほどとは比較にならない激しいキスに狼狽する。口角をぴったりと合わせて角度を何回も変えられ、上下の唇も甘噛みされる。

口内に彼の舌が挿《はい》ってきて、さらに焦った。振り切ろうとしたが、後頭部に大きな手が添えられていて叶わない。

口蓋はおろか、口内中をくまなく舐め回されて息も絶え絶えになった。

冗談抜きに、酸素不足で窒息しそうな勢いだ。鼻で呼吸しようにも、異様に鼻息が荒くなりそうで、ためらわれて控えめになった。

やがて、奥に縮こまっていた悠斗の舌を搦《から》め捕《と》られて呻《うめ》く。

「んう……んっふ」

近くで見つめられる羞恥に耐えかね、悠斗はついに瞼を閉じた。

それが合図のように、さらにキスが深くなる。舌の根がしびれるまで吸われて、どちらのものかわからないほど混ざり合った唾液も飲まされた。

飲み込み切れなかった分が口の端からこぼれ落ちても、なす術《すべ》がない。

応え方もわからず、ひたすら翻弄《ほんろう》されっぱなしだった。手をどこに持っていけばいいかも迷ったあげく、高際のスーツの襟あたりをぎゅっと握りしめる。

濃厚なくちづけに加え、足の間に置かれた膝で股間をやんわりと刺激されているせいで、腰の奥に疼きを覚えた。

「…んぅん、んく」

「感じてるみたいだな。硬くなってる」

「っはあ……ふう…」

唇が腫れぼったくなる頃、ようやくキスがほどかれた。

胸を喘がせる悠斗に、彼が笑いまじりにそう言った。

勃起しかけている股間は体勢的に隠せるはずもない。猛烈に恥ずかしくて、一瞬で頬が熱くなった。

両瞼を開き、眼前にある薄茶色の双眸を恨めしげに軽く睨む。

「キスと直接的な接触が気持ちよかったんだから仕方ない」

「率直な感想がいかにも悠斗らしいな。俺も感想返しをすると、初々しい反応も、乱れた呼吸も、せつなげに寄せた眉も、潤んだ眼も、耳まで真っ赤になってる様子もパーフェクトに可愛くてエロ眼福だ」

「…あなたの好みに合ってて少し安心したけど、細かい感想はいらないかな」

「わかった。セックスは可及的速やかにだな」

「そういうわけでもな……っあ！　ちょ……恭貴っ」

スラックスの上から、股間に触れてこられた。咄嗟に腰を引こうとしたが、ソファに阻まれる。

悠斗が逃げを打つより早く、ベルトをゆるめられた。

フロント部分もくつろげられてしまい、下着の中に入ってきた手で直に性器を握られる。

「やっ……く、んんぅ」

「必死に押し殺した声も悪くはないが、俺のリビドー直撃間違いなし&夢にまで見て、何度もエロ妄想もしてきた、普段は澄み透ったきみの声のセクシーバージョンを、ぜひ張り切って聞かせてくれ」

「嫌、かな……ぁ……ん」

「よし。色っぽくかすれぎみの『ぁん』いただきました」

「……先が、思い……やられ…る……ふあっ」

「その調子だ」

もちろん羞恥はあるが、高際の態度がおもしろくて、多少だが緊張がやわらぐ気がした。

いつもと変わらない彼に、当初のパニックもいくぶんおさまってくる。

普段どおりとまではいかないけれど、悠斗も自分のペースを取り戻した。

自慰とは異なる甘美な快感を与えられ、知らず腰を蠢《うごめ》かせていた。

不規則な動きで強弱をつけて扱《しご》かれたり、陰嚢《いんのう》も揉みしだかれたりして取り乱す。

最初はどうにか抑えていた声も、だんだん堪え切れなくなってきた。心ならずも、彼の要望どおり嬌声《きょうせい》をあげてしまう。

「あっ……んあ、ゃう…」

「恥じらいがこもった『あっ♡』が秀逸だな。スマホの着信音にしたいが、電話の場合は無限ループにハマって聞き惚れてるうちに出損ねそうだし、俺以外の人間に聞かれるのは論外なんで、ライブに限ったほうがいいか」

「録音は、一切禁止……だから！」

性器に伸びた高際の腕に両手を添え、息を弾ませつつ警告した。

撮影も不可と言い添えたら、ばれたかというように肩をすくめられる。

不意に、もう片方の手が悠斗のネクタイに触れてきた。

「な、にを……？」

「必要なことをするだけだ」

「あ……」

あやすように言った彼が器用にネクタイをゆるめ、首から抜き取った。

次いで、Yシャツのボタンを上から順番に外していき、肌をあらわにする。それから、コートとスーツの上着を脱がせてソファの背にかけた。

悠斗に重心を移動させて、下着ごとスラックスも片足ずつ脱がされる。

帰宅後、高際がエアコンをつけていたので、室内はすっかり暖かくなっていた。だから、寒くはない。

ただし、見られている恥ずかしさに身の置き所がなかった。

抜かりなく性器を扱く彼が、全裸の悠斗を食い入るように眺めて言う。

「手足が長くて、ほっそりしたきれいな身体だな」

「ぁ…んぅう……俺だけ、なのは……やだ…」

「俺も今すぐ全裸を披露したいのはやまやまなんだが、悠斗ジュニアの相手で文字どおり手が離せないんで、もう少し待っててくれ」

「でも……」

「なんだ？」

もし、このまま行為を進めていったらと危惧《きぐ》した。その場合、目の前にいる高際のスーツを汚してしまうかもしれない。

そう訴えると、端整な口元をほころばせて口角にキスされた。

「悠斗のためなら、何着でもスーツを犠牲にする。なにより、きみと初めて結ばれる日に着てる記念すべきスーツってだけじゃなく、きみのあらゆる体液が付着してるかと思うと、クリーニングには出さずに現物を保管しておいて、ときどき眺めたり、においを嗅いだりしたくなる素敵な思い出のスペシャルな一着になるだろうな」

「そんなこと、したら……俺が、燃やすから」

「照れ屋な悠斗も愛らしいぞ。そうだ。言い忘れてたが、きみの素肌はやっぱり、うっすらとフローラルな香りがする」

「変態度の、加速ぶりが……目覚ましすぎる……」

「褒められたからには、もっと愛情を込めた愛撫《あいぶ》をしないとな」

「褒めてな……あぅ、んっう」

性器の先端に爪先を食い込まされて、身をよじらせた。

すでに先走りが溢れていたが、完全に勃ち上がる。焦《じ》らされるかもという予想に反し、すんなり解放された。

「ん、っあ……ああっ、あああ！」

「エロブラボーな今のいき顔で、一ヶ月は寿命が延びた気がするな。きみのエロジュースを俺が飲んだら三ヶ月、きみが俺のエロジュースを飲んでくれたら半年、それをシックスナインでできたら一年ってとこか」

「……いっそ、普通に精液って言ってほしいかも」

一部始終をかぶりつきで眺められたあげくの発言に、そう要請してみた。

おそらく、高際はずっとこの調子なのだろう。恥ずかしがっていたら、きっと悠斗の神経が持たない。

羞恥心自体は消えないが、微妙に開き直ってきた。自分はまだ楽しめるほどの余裕はないけれど、彼が楽しんでくれたらいい。

どんなに淫らなことをされたとしても、高際ならかまわなかった。

案の定、汚れているスーツに、悠斗が苦笑を漏らす。

この際とばかりに手をスラックスで拭いている彼のネクタイを摑んで言う。

「風呂に入りたいんだけど」

「そうだな。浴室を暖めて諸々準備してくる。先に言っておくが、風呂場でイタすかどうかはともかく、俺も一緒に入っていちゃつきまくるぞ」

「わかった。じゃあ、それまでの間、恭貴の上着を借りていいかな？」

「俺の上着だけを羽織った裸スーツ姿も魅惑的なんで、喜んで貸そう。内側にまで、悠斗の体液と香りとフェロモンがつくのもアメージングだ」

「あなたって、本当に筋金入りの変態だよね」

「今さら返品のリクエストは受けつけない」

「しないよ。なんの特徴もない俺で満足できるのかと思っただけ」

「きみのチャーミングポイントは挙げればきりがないが、変態の俺を容認できる鷹揚さと潔さに限ってでも大満足だと断言する。で、ほら。これを着ろ」

ネクタイを摑んでいた悠斗の手を取って手の甲にキスし、脱いだスーツの上着を差し出された。だぼだぼのそれに腕を通して股間を隠す。

双眸を細めてその様子を眺めると、高際はリビングを出ていった。

それほど経たずに戻ってきて、会社に連絡を入れると言って、悠斗に着せている上着のポケットからスマートフォンを取り出す。

返事も待たずに電源を切り、隣に座ってキスしてきた彼とじゃれ合った。

悠斗がされたように、高際の服を脱がせていく。着瘦《きや》せするらしく、思っていたよりも筋肉質で立派な肉体に見蕩れた。

ほどなく、軽快なメロディとともに湯がたまったという音声が聞こえてきた。すかさず上着を脱がされ、両膝の裏を掬われる。

「また、もう……」

「このほうが早いんでな。俺もいい加減にまずい」

悠斗を横抱きにして立ち上がった高際に、バスルームに運ばれた。

一緒にシャワーを浴びながら、ボディーソープを泡立てて互いを洗い合った。その際、彼の陰茎にも触れる。

いかせてくれと頼まれて、ぎこちない手つきでなんとか吐精に導いた。

触発されて半勃ち状態だった悠斗も、浴室の壁に背中をあずけて立ったまま、再度、極めた。その後、身体についた泡を洗い流し、バスタオルでざっと拭く。

またも高際に抱えられて、今度は寝室に連れていかれた。

キングサイズと思しきベッドの上に、彼ごと倒れ込む。仰向けに組み敷いた悠斗に体重をかけないようにしている心遣いに気づいて、さらに想いが深くなった。

端整な顔が降ってきて唇を啄《ついば》まれる。名残《なごり》惜しげにキスをほどいた唇が、耳朶《じだ》を甘噛みしたかと思うと、耳裏を吸い上げた。

吸痕を残しつつ首筋に下りていき、鎖骨をかじり、くぼみに舌を這わせる。

この間にも、足の間に入れられた高際の手は悠斗の性器を揉んでいた。

「っふ…んぅん……あ、ぁ…」

「悲願の鎖骨いじりが叶って本望だ。ピンク色のキュートな乳首も俺を誘ってくるんで、気合いを入れて愛《め》でるとしよう。あと、エレガントビューティーな俺の悠斗に誰も近づかせないように、キスマークもつけまくらないとな」

「見える……ところは、だめ…だから」

「それじゃあマーキングにならないが、善処はする」

「ありがと……っくう…んん」

予告どおり、乳嘴《にゅうし》を口と手で入念に愛撫された。

右側は舐められたり、軽く噛んで舌で転がされたりする。左側は指先でつままれたり、押しつぶすようにされたり、つつかれたりした。

はじめはなんともなかった。それが、三度目の吐精を果たす頃には性器への刺激にも連動してか、徐々にジンジンする感覚が生じてきて戸惑う。

「や、あっ……なんか、変…ぁ」

「悠斗は感じやすくて最高だな。開発し甲斐があるし、先々が楽しみだ。俺好みにカスタマイズして、最終的には俺を見たら無条件に『恭貴、抱いて♡』的になる俺なしでは一日も過ごせないようなエロい身体に仕上げるつもりでいるんで、期待しててくれ」

「日常、生活に……支障が出ない、範囲がいい…かな」

「明日からでも俺と同棲して、来年の春には婚約、秋には高際姓になるって約束するなら考慮しなくもない」

「いろいろ、早すぎる……から」

「心配するな。早漏じゃないことは、前もって言っておく」

「恭貴……んあ⁉」

性器を揉み込んでいた高際の手が後ろへすべり、後孔に触れた。

覚悟していても、やはり困惑を覚える。身じろいだ途端、胸元に集中していた彼が上体を起こした。

次の瞬間、悠斗の視界が反転する。気づけば、俯せになっていた。

　腰を持たれて膝をつき、足を開かされて状況を呑み込む。

「ちょっ……恭貴、ローションで…っ」

「そんなものじゃなく、俺はベロ派だ。好きな相手の大事な部分は自分の舌で舐めて味わい尽くしたいタイプだし、ここ以外も身体中、頭の先から足の指の股まで舐め回すつもりなんで、よろしく」

「そ……」

「そもそも、初めての悠斗はこれでもかっていうくらい丁寧に慣らす必要があるからな。舌と指によりをかけて、溢れんばかりの愛情を込めた前戯を全力でする」

　変更要請を華麗にスルーし、高際が双丘に顔を埋めて後孔を舐め始めた。

　そういうことには潤滑剤を使うと思っていたので、うろたえる。なにより、秘部をガン見されている事実に、羞恥神経がすり切れそうだった。

　逃げようにも、足の間に陣取っている彼の長い足に阻まれる。広げてシーツについた悠斗の膝に巻きつくようにされていて、ままならなかった。

　妄想にとどまらず、現実の行動も相当エロいと実感して戦慄《せんりつ》が走る。

　そうこうしているうちに、尖《とが》った舌らしきものを挿《い》れてこられて身をよじった。

　それでも彼は止まらず、唾液も流し込まれる。ようやくそこから顔が離れたあとは、今度は指で執拗《しつよう》にほぐされた。

探るような指使いに覚えていた違和感が、次第に薄れていく。その反面、恥ずかしさは増す一方だ。

性器も間断なくいじられているため、快楽には事欠かない。

発作のときとは違う種類の浅い呼吸を繰り返していたときだった。

不意に爆発的な快感が背筋を駆け抜けて、身を震わせた。

「や、あっ……なにっ……あぅんん」

「ここか」

「嫌ぁ…んあっん……恭、貴……やめ…っ」

「悠斗のエロスポットだ。存分に可愛がってやる」

探し当てられた、ひときわ感じる秘点を指で擦《こす》られて身をくねらせる。

シーツについていた両手があまりの悦予に崩れ、腰だけを高く掲げた淫らすぎるポーズになっていた。

二本、三本と指の数が増やされていき、シーツに頰ずりしつつ喘ぐ。

残念ながら、嬌声を抑える気力はすでになかった。

高際の扱きだけでなく、後ろへの刺激もあって性器も果てた。その手が次は乳嘴に悪戯をしてくる。

背後から覆いかぶさってきた彼が、背骨に沿って脇腹や肩甲骨、うなじ、耳朵の間を何往復も唇を這わせせきて気が休まる暇がなかった。

やっと指が抜かれたときは、かなりぐったりとなっていた。そんな悠斗の身体を仰向けにした高際が口角にくちづけて言う。

「そろそろ、いいだろうってことで」

「……っ」

おもむろに、両膝裏に手をかけて大きく開かされた。

悠斗の精液と彼の唾液にまみれた前後の恥部が丸見え状態になる。そこに押しつけられた臨戦態勢の高際自身を目の当たりにして息を呑んだ。

自分の尻が心配になるサイズとおののく以前に、ハッとする。

まさかと思った悠斗が挿入直前で制止をかけた。戸惑いつつも、そのままするのか訊ねると、笑顔でうなずかれる。

「今まではセーフセックスでやってきたから、ナマで挿れるのもフェラも悠斗が初めてだ。まあ、フェラは後の楽しみに取っておくとしてだな。ＳＴＤの定期検診も受けてて、一度も引っかかったことはないんで、その辺はまったく心配いらない」

「心配っていうか…」

「ナマの感触もだが、初体験の中出しで俺のエロジュースを溢れるほどきみに注いだり、残滓《ざんし》を指で掻《か》き出したりして、きみをアンアン言わせられるって考えただけでテンションが爆上がりだな」

「…それって、エロ妄想ですむのかな?」

「いや。エロ予告なんで、きっちりやる」

「できれば、心の準備を……んあぁ…く、んうう」

ぬめる先端部が問答無用でめり込んできた。充分にほぐされていたが、最も太い亀頭が狭隘《きょうあい》な部分を通ってしまうまでは、高際も慎重に進めてくれて助かる。

おかげで、彼をいたずらに締めつけずにすんで安堵した。

息まないように、ひたすら深呼吸を心がける。

「っく、んん……ぅん…はっあ……んふ」

「俺には気を遣わなくていいって言っただろ。ていうか、そんな余力があるんなら、まだまだいけるってことか。よし、わかった」

「そういう、つもりは……んあっう」

一気にすべてをおさめられて驚いた。唾液が注入されていたせいもあり、引きつった感じはない。

多少の痛みはあったが、圧迫感と充溢《じゅういつ》感のほうがすごかった。

密着して脈打つ屹立がなんとも生々しい。無理かもしれないと思っていたけれど、しなやかに撓《たわ》んで受け入れているからこその感覚だった。

悠斗の両膝の内側に優しくキスした高際が微笑む。

「意識がはっきりしてる間は俺を気遣うんだろうから、理性を失って自分のことしか考えられなくなった悠斗が『恭貴、もっと！』とか『奥まで突いて』とか『中に出して♡』的なエロ台詞を連発して俺を欲しがるようになるまで抱きつぶす」

「…たぶん、言わない……かな…」

「さて、どうだか」

「うぁあ……あっあっ…あ」

ゆったりと腰を回したのを皮切りに、彼が筒内を攪拌《かくはん》する。

隙間なく埋め込まれた熱塊を、内襞《うちひだ》が意外な柔軟性を発揮して包み込んだ。

発見されたばかりの弱点をつついたり、擦り立てられたりもした。ほかの性感帯も次々に目覚めさせられ、引きずり出された官能が刺激される。

悠斗の性器は、また反り返って自らの肌を汚していた。そこにも触れてほしくて腰を揺らすと、気づいた高際が双眼を細めて言う。

「見ててやるから、普段やってるみたいに自分でいじっていくといい。赤く尖ってる可憐《かれん》な乳首を触りながらやるのもオススメだ。きみの自慰姿も何度も妄想してたんで、見られるのはうれしいな」

「……でき、な…っ」

「俺は引きつづき、きみの中を可愛がる」

「は、あっ……やぅう……あ、あ…ぁ」

迷いながらも、意を決して股間に手を伸ばした。もう片方の手は乳嘴に触れて、ためらいまじりに愛撫する。

見られていたら極められないかと思ったが、昂《たか》ぶっていたからか、わりとすぐに達した。意図せず肉輪を窄《すぼ》めたと同時に、体内の熱楔がさらに嵩高《かさだか》になった。

「っあ、ん……まだ、大きく……なる？」

「あんな恍惚《こうこつ》顔でいかれた上に、催促するみたいに締めつけられたんだ。いろんな意味で応えるしかないだろ」

「あっあ…んぁあ……ああっ」

心なしか早口でそう言った彼が、悠斗の両足を肩に担いで抽挿《ちゆうそう》を激しくした。

胸板をたたいてゆるめてくれと頼んだが、聞き入れてもらえない。かわりに、指を絡めてつないだ手を顔の脇に縫い止められ、覆いかぶさってきて唇を塞がれた。

「んっ、ふ……んうん…ゃんん、ん」

口内は舌が、体内は熱杭が脆弱《ぜいじやく》ポイントを重点的に攻め立てる。

早漏ではないという申告どおり、長い時間、自分だけが極めさせられた。

互いの腹筋の摩擦で、悠斗の性器がまた芯を持つ。同時に何箇所も快感が生じて、だん

だんわけがわからなくなっていった。

　キスがほどかれたことに気づくのも遅れる。

　唇を甘噛みされたと思った直後、淫楔に最奥を抉《えぐ》られた。全身を震わせてあられもない声をあげて性を放つ。

「あぁあ…んあっん……あああ！」

「いい表情と声だ。俺も最高に気持ちいいんで、とりあえず、ここは辛抱せずに流れに身を委ねるとするか」

「あっ…く、ああ……んっん」

「たっぷり注ぐんで、遠慮なく受け取ってくれ」

「っは……あ、あ、あ……ゃ、あ…ぁ」

　粘膜内をたたく熱い奔流に、悠斗は下腹部を波打たせて喘いだ。

　本当に高際が中で射精したのだと悟る。なんとも言えない感触に耐えつつも、こうして彼色に染められていくのかと思うと面映ゆかった。

　ゆるりと腰を送っていた動きが止まり、唇を啄まれる。その頃には、悠斗の息もだいぶ整っていた。

　我慢は見逃さないとばかりに、まっすぐに悠斗の目を見つめて訊かれる。

「気分は悪くなってないか？」

「大丈夫だよ。俺も、その……気持ちよかったから」

「そうか。身体の相性も抜群だとわかったんで、二度目にいこうか」

「え……もう？　…って、わ⁉」

いきなり、背中を持たれて身体を引き起こされた。高際の腰を跨《また》いだ体勢で、胡座をかいた膝の上に座らされる。

つながった状態だったので、自分の体重で彼を深く迎え入れることになった。しかも、注がれたばかりの精液が逆流してきて、低く呻く。

逞しい首筋に縋り、あえかな吐息を漏らした。

すでに硬度を取り戻している高際を信じられない眼差しで見遣って言う。

「今、終わったばっかりなのに……」

「そこは『絶倫の彼氏なんて素敵♡』って目を輝かせて『一晩中抱いて♡』『失神するまでして♡』的な誘惑台詞を言うところだ。そしたら、一晩どころか週末中、悠斗が気絶しても抱きつづけて俺の愛を証明する」

「俺には体力的にハードすぎて無理だし、愛情は言葉でも伝わ……んぅんあ！」

発言の途中で、下から軽く突き上げられて嬌声をあげた。咎《とが》めるように彼の肩口に爪を立てたが、どこ吹く風といった顔で返される。

「諸々エロスキルを磨けばいける。俺が手取り足取り仕込むんで大丈夫だ。もちろん、俺も愛の言葉は惜しみなく伝えていく。悠斗への想いに上限はなさそうだからな」

「ゃんん……あ、っは…ああっあ」

双丘を鷲摑みにして割り開かれ、力強い腰つきで中を掻き回された。

乳嘴も舐められたり、かじられたりして髪を振り乱す。局部から響いてくる濡《ぬ》れた水音が羞恥心を煽った。

熱塊が抜き差しされるたび、微かな隙間から溢れていく淫液の感覚にも惑う。

「ああ…ぅあ、んっんっん……っあ」

「やっと、人生の伴侶を見つけた。愛してる、悠斗」

「……っ」

耳朶を食《は》んで、甘い声音で囁かれた。早速、ラブセンテンスを繰り出してきた高際の両頰に手を添えて視線を絡める。

熱い吐息を口移しするように、眼前にある唇と触れ合わせて返す。

「俺は……もう、とっくに…あなたに、溺れて……っんああ!」

最後の『る』を言うのとほぼ同じタイミングで、猛烈な突き上げを食らった。

素直に答えただけの悠斗に、彼を煽った自覚はない。その後も、体調を気遣われつつも抱かれつづけて泣き濡れた。

体力面は大変だが、精神面はとても満ち足りていた。

初めてできた恋人は風変わりだけど、自分にとっては最高の人だ。
最愛の存在と歩む未来を思い描きながら、悠斗は満面の笑みを浮かべた。

手加減しないと言わせたい

「普段着なんかでいいのか？」

真剣な表情で訊《たず》ねてきた高際《たかぎわ》に、悠斗《ゆうと》は苦笑した。これでもう四回目だったが、うなずいて同じ答えを返す。

「ジャケットだったら、充分きちんと感があるよ」

「悠斗のお母さんと念願の初対面なのに、ノーネクタイってどうなんだ。やっぱり、最低でもスーツ、できればタキシードだろう。本当は燕尾服で行きたいところだが、さすがに持ってないしな」

「王侯貴族に会うんじゃないんだから、燕尾服は言いすぎかな」

「俺にとっては、お母さんは女王陛下にも等しい。なにしろ、愛する悠斗をこの世に送り出してくださった尊い存在だ。そんな御方《おかた》から直々にお誘いいただいたパーティに出席するにあたって、万が一にも失礼があったらいけない」

「一応、言っとくけど、母の前で片膝をついて手の甲にキスとかしないように」

「じゃあ、どうやってご挨拶しろと？」

「普段、お客さん相手にしてるみたいにしたらいい。得意だよね」

「お母さんはお客様じゃなく、女王陛下なのにか……最大限、努力はするが」

心もとない返事に、彼がやりそうになったら止めようと肩をすくめた。

今日は高際と想《おも》いを通わせてから三日目の土曜日で、クリスマスイブでもある。思いがけず、恋人と過ごす初めてのクリスマスになって照れくさかった。

ついさきほど、昼過ぎに起きたところだ。

クッションを置いたベッドのヘッドボードに背中をあずけて座る彼の足の間に、背後から包み込むように抱きしめられていた。

着替えがない悠斗は、高際が近所のコンビニエンスストアで買ってきてくれた下着を穿《は》いて、彼のスウェット上下を着ている。

だぶつきと萌え袖に満足そうな恋人の様子がおもしろかった。

悠斗のスーツ一式とコートは、ハンガーにかけられてリビングにあった。

高際はライトグレーのVネックのニットに、カーキ色のゆったりしたパンツという部屋着姿だ。

結局、悠斗は昨日、会社を休んでしまった。

宣言どおり一晩中抱かれた疲労と、それまでの睡眠不足や精神的ストレスもあって、明け方に喘息《ぜんそく》の発作が起きたからだ。

最近の中では、わりと重い症状だった。吸入薬でも治まらず、出勤時間が迫っても具合が悪いままで、出社はあきらめて欠勤の連絡を入れた。

こんなときに体調を崩して、なんだか申し訳なかった。

熱々《あつあつ》のムードに水を差した形になって落ち込む悠斗に、彼が言う。

「悠斗と両想いになれて調子に乗った俺のせいだな。苦しそうな姿を見るとかわってやりたいと思うが、これからは堂々ときみの世話を焼ける特権を手にしたと思うと、不謹慎だが頬がゆるみそうになる」

「…せっかくの日なのに……面倒かけて……ごめん」

「全然、面倒じゃないし、そこは『恭貴《やすたか》、ありがとう♡』ですむんで気にするな。きみのために俺がなにかできるのはうれしい。してほしいことがあれば、きみだけの下僕になんでも言いつけてくれ」

「下僕というか……せめて、執事……じゃないかな」

「どっちでもいいが、そばにいるから、とにかく安静にしてろ」

「……うん」

悠斗のすべてを受け入れてくれる高際に安堵《あんど》したと同時に、さらに愛《いと》しさが募った。

彼に見守られて静養しながら、徐々に回復していった。八時頃には呼吸が楽になり、疲れて眠ってしまった。

次に目覚めたら、十時を回っていた。まだ倦怠感《けんたいかん》はあったが、だいぶんましになっていて高際を安心させたようだ。

結果的に、土日を含めて三連休になった。悠斗が寝ている間に、彼も溜《た》まっている有休を消化すると言って週末の休みをもぎ取ったらしい。

二人でゆっくり過ごすつもりでいたら、その日の夜、母から電話がかかってきた。

入籍と誕生日祝いも兼ねて、ささやかなクリスマスパーティをするから、夕食を一緒にどうかという誘いだった。

莉菜《りな》は先約があって不参加だが、智尚《ともひさ》は家族で来る予定だとか。

元々、悠斗も顔を出すつもりでいたけれど、一瞬、迷った。

体調に不安があったせいだ。樫山《かしやま》から母親が一昨日のことを聞いている可能性もあるにせよ、実際に言うのもためらわれる。

晴れの日に心配をかけたくなかった。苦肉の策で、友人と約束があるから、行けたら行くと返事をした。

これなら、樫山はきっと察しがつくだろう。

通話を切って高際に事情を話すと、自分がつき添うと提案された。

母に挨拶したいし、樫山や智尚とも話したい。自らの家族にも近々、ぜひ紹介したいと言われて気恥ずかしくなった。

悠斗との将来を本気で考えてくれているのが伝わって、胸がほっこりする。

同行を頼み、外出に備えて昨夜はキスだけで、おとなしく眠った。

夜の間に、彼はいろんなシチュエーションを妄想したらしい。今朝《けさ》は起きたときから、母との対面に勢い込でいるという現状だ。

思いに耽《ふけ》っていた悠斗の肩口に顎を乗せていた高際が、そうだとばかりに言う。

「女王陛下に謁見する以前に、そもそも俺の王子は大丈夫なのかって話だ」

「いい加減、そのキャラ設定はやめようか。…体調はまあ、普通かな」

「強がって平気なふりをしてないな？　もしそうなら、昨日言ってた、夜中に俺が寝てる間にきみの具合が悪くなった際、眠り込んでる俺をたたき起こす秘策の《大人のオモチャ的な鈴つき&ふわふわ手錠で互いの手首をつないで寝て、いざというときには引っ張ってリンリン鳴らす》作戦を実践するぞ」

「してないから、実行に移さなくていいよ」

「そうか。だったら…」

「恭貴？」

突然、身体の向きを変えられた。高際の足の間で向かい合わせになり、まじまじと顔を覗《のぞ》き込まれる。

すぐに我慢すると思われているので、顔色を確認しているのだろう。

「似合ってるんだが、邪魔だな」

「あ……」

止める間もなく、眼鏡《めがね》を外された。長いリーチを活《い》かし、ベッドの脇にあるナイトテーブルに置く。

端整な顔が迫ってきて、額同士をつけられた。

吐息が触れる距離にいる彼が、凛々しい眉を片方上げて呟《つぶや》く。

「微妙に熱いな。まだ熱があるんじゃないのか？」

「そうかな。別に、だるくはないけど。大好きな恭貴が至近距離にいるから、火照《ほて》ってるのかも」

「……やっぱり、今日の外出はやめる」

「え？」

あんなに張り切っていたのに、どうしたのだと双眸を瞬《しばたた》かせた。

体調なら心配いらないと言い添えた悠斗に、高際が微笑む。

「きっと無意識なんだろうが、今の発言で俺のハートが射貫かれたんでな。病み上がりの悠斗に大事を取らせるためにも、お母さんには非常に申し訳ないが、実家には行かせない。俺も挨拶は日を改める」

「恭貴……」

「今日はこれから買い出しに行って、カブにレンコン、ニンジン、セロリ、ジャガイモを大きめに切ったものを添えてローストチキンを焼く。そいつをオーブンに突っ込んだら、一緒にケーキをつくって、今夜は二人だけのディナーだ。クリスマスプレゼントも用意してるし、今年のクリスマスは俺がきみを独占したい」

「……っ」

「いいか？」

低く甘い声音で、囁《ささや》くように訊《き》かれた。

素敵すぎる予定も魅力的だったが、高際の気持ちに胸がいっぱいになる。想いを通わせる前から計画を立ててくれていたと知っては、なおさらだ。

自然と込み上げてきた感情のままを悠斗が言葉にする。

「二人で過ごす案には、全面的に賛成。でも…」

「なんだ？」

「どうせなら、もっと恋人らしいことをしたいかな」

そう言った途端、彼が軽く双眼を瞠《みは》った。悠斗の意図を汲《く》み取ったのか、数秒後には口角を上げた悪戯《いたずら》っぽい笑みを湛《たた》えて応じる。

「つまり、『週末中、裸族希望な俺をベッドで好きにして♡』とか『閉じた世界に恭貴といたい♡』的な期間限定の監禁プレイがしたいってことだな。そうなると、ふわふわ手錠のほかに首輪と足枷《あしかせ》、ベッドにつなぐ鎖もマストアイテムか」

「監禁とアイテムはともかく、それ以外は合ってる」

「悠斗のほうから誘ってくるとは、ビッグサプライズだ。まあ、運動発作が起きない程度にするが」

「昨日は一日、ゆっくり休ませてもらったから大丈夫だよ」

「まさかの手加減不要リクエストか。そう言いつつ、『もう勘弁して!』とか『恭貴のアレがすごすぎておかしくなるっ』とか、なんだかんだと泣きを入れて途中で中断するパターンとみた」

「休憩を挟んでくれたら、たぶん問題ないから」

乗り気そうなわりに、のらりくらりと躱《かわ》すだけだ。

エロ妄想を披露はしても、実際に手を出してくる気配はなかった。

おそらく、悠斗の体調を気遣っているのだろう。身体をつなげた数時間後に具合が悪くなったのだから当然だ。

高際が直接的な原因ではないと伝えたはずだが、気にしているようだ。

そういう優しいところも好きだけれど、過保護すぎるのは嫌だった。このままでは堂々巡りなので、自分からキスする。

「……悠斗」

「あのさ。俺に我慢するなって言うなら、あなたも我慢しないでくれるかな」

唇を離して言うと、『そうくるか』と微苦笑された。

喘息のせいで、変に遠慮されながらつきあわれてもうれしくない。

自分も高際には遠慮しないように心がけるし、甘える努力もする。

対等な関係の恋人でいたいからとつけ加えた悠斗の身体《からだ》が深く抱き寄せられた。

腕を回した広い背中を撫でると、苦笑まじりに謝られる。

「俺が悪かった。きみの言うとおりだ。だが、心底きみを好きで大事にしたい気持ちも本当なんで、基本的には溺愛傾向になるのは大目に見てくれ。性生活のほうは、臨機応変に振る舞わせてもらう」

「うん。俺も、無理なことはちゃんと伝え……っんんう！」

不意に吐息を奪われて、語尾は高際の口中に消えた。

舌を搦《から》め捕《と》られる濃厚なキスは気持ちいい反面、まだ慣れない。息継ぎもうまくできなくて、応え方もわからなかった。

彼の舌の動きを拙《つたな》くなぞると、薄茶色の眼《め》が細められる。

キスの合間に、センスがあると褒められた。

「っふ、ん……んっんっ」

くちづけながら、互いの衣服を脱がせて床に放っていく。

全裸になった悠斗の性器を、大きな手が握り込んだ。やわやわと扱《しご》かれて、鼻から甘い息を漏らす。

息苦しくなってほどなく、キスをほどいたアクティブな唇が悠斗の首筋に移った。鎖骨や乳嘴《にゅうし》が餌食《えじき》になるかと思いきや、突然、視界が反転する。

「⁉」

気づけば、高際の両脇を跨《また》いで乗り上げるような体勢になっていた。顔ではなく足の方向なので、彼の陰茎が目の前にある。

恋人の面前に秘処を全開にしたあられもない格好だった。

焦って首をひねって背後を振り返り、高際と視線を合わせる。

「恭貴、こんなの…っ」

「念願のシックスナインだ。気高くも色っぽくアンアン鳴いてくれる悠斗の愛らしい唇でフェラして、俺をいかせてくれ」

「初心者にはハードルが高すぎるよ。そもそも、入らない」

「全部銜《くわ》えろとは言ってない。先のほうだけ口に含んで、根元のあたりは手を使ってくれたらいい。テクニック云々《うんぬん》じゃなく、きみが俺のものを銜えてるってだけでオートマチックに勃《た》つんで心配するな」

「……わかった」

「ちなみに、俺はきみのエロジュースを一滴残らず搾り取る勢いで喜び勇んで飲み干すが、きみはどうする？」

「え……っと…」

「なんなら、顔射っていう選択肢もあるぞ」

「……二択とも恥ずかしいんだ」

「恥じらうきみも見てて楽しいが、無理強いはしない」

「嫌じゃないけど、そうだな。じゃあ、顔射で」

「俺のエロジュースにまみれたきみの顔は必見なんで、網膜に焼きつけたい。行為を中断するのは了承してほしい」

「まあ、うん」

オプションに至るまで、いかにも恋人らしくておもしろかった。

満面の笑みで『よし』とうなずいた高際に、始めようと促される。

双丘を軽く割り開かれ、後孔を舐められて小さく呻《うめ》いた。羞恥を堪えながら、目前にある淫茎におそるおそる触れる。

手で慰める行為は一昨日、すでに経験ずみだった。そのとき以上に緊張しつつ、口内に迎え入れた彼をたどたどしく舐める。

「っふ……んぅん…くうう！」

悠斗の性器も銜えられたのはいいが、巧みすぎる舌戯が炸裂《さくれつ》した。

手でされるのも気持ちよかったけれど、それ以上の快さに驚く。

温かい粘膜内での舌と歯とのどを駆使した口淫に陶然となった。陰嚢《いんのう》も手で揉みくちゃにされて、快感に腰を揺らめかせる。

同じようにしようとするが、ハイレベルで難しかった。

なにより、高際の超絶技巧に意識を持っていかれる。

あっという間に、先走りが溢《あふ》れた。堪え切れずに早々に達する寸前、そこから口が離れて不満げに鼻を鳴らす。その直後、根元を指で堰《せ》き止められた。

下半身に凝縮していた熱が行き場を失って眩暈《めまい》を覚える。

あと少しで吐精できたのにと、思わず口の中のものをこぼした。咎《とが》めるような眼差《まなざ》しを背後に向けて、恨めしそうに訊《き》く。

「なん、で…？」

「後ろを可愛《かわい》がってる間にいかれたら、きみのせっかくのエロジュースが飲めないだろ。今日の一番搾りを逃すわけにはいかないからな」

「そ……んああっ」

悠斗の抗議を受け流し、後孔を舐めてこられて背を反らした。

挿《はい》ってきた舌が浅い部分を縦横無尽に愛撫《あいぶ》する傍ら、唾液を送り込もうとする。ほどなく指も加わって、内壁の脆《もろ》い箇所をまさぐった。

淫筒を指に譲った高際の舌は、会陰を舐めたり、吸ったりしていた。

陰嚢のつけ根あたりも甘噛《あまが》みしたり、吸い上げられたりする。

一昨日よりも断然、濃密な愛撫に戸惑った。けれど、快楽を覚えさせられた肉体は、このあとに悦《よろこ》びが来ると知っているから強くは拒めない。

会陰を啜《すす》るようにされる間にも、指の数は増えていった。

ひときわ感じる部分を中心に媚襞を擦《こす》られる。放出できずに身体の内側にこもった熱も相俟《あいま》って、ひどく取り乱した。

「っは、あああ……あ…ああ…ぁ」

「喘《あえ》ぎまくり&ジュニアを俺の胸元に擦りつけまくりで、聴覚と視覚の潤い祭りが絶賛開催中だが、フェラはどうしたんだ?」

「あ……っあ、ああ…ゃんう……く」

「ほら、悠斗」

「ん…んぁあ……っふ」

笑いまじりの指摘を受けて、どうにか再び高際自身を舐める。

頑張りたいのに襲いくる愉悦に抗《あらが》えず、ついには屹立《きつりつ》を握ったまま突っ伏した。

硬くなってはいるが、吐精には至っていないそれに、双眸《そうぼう》を閉じながらくちづける。頰張るかわりに頰ずりした途端、顔にぬるい感触を覚えた。

わずかに上体を起こして瞼を開き、片手で頰に触れる。同時に名前を呼ばれて悠斗が振り返ると、こちらを見つめている彼がいた。

昂《たか》ぶっているのか、どこか上擦ったかすれぎみの声で言う。

「指三本を呑み込んで、淫靡《いんび》な音を立ててる後ろ越しのアングルとの相乗効果もあってか、俺のエロジュースにまみれ切ったきみは想像以上にエロいな」

「あ、今の……っ」

顔に精液をかけられたらしいと悟った。

高際の陰茎へのキスと頬ずりが射精を招いたとは、悠斗は無自覚だった。

満足そうに笑った彼が、挿《い》れていた指を全部引き抜く。堰き止められていた悠斗の性器がようやく口に含まれた。

「あっん…んっ、んっ……ああっ」

「待たせたな。もういつでも、いっていいぞ」

「やっ……あ、んっあ…ぁう」

銜えたまま話される振動が快楽にすりかわり、髪を振り乱す。

持ちこたえることなど、当然ながらできなかった。高際の口中に出すためらいや飲まれる抵抗感も、頭から吹き飛んでいた。

「あっ…あっあ……んああっ」

引きしまった下腹部付近に頬をつけて、全身を強張《こわば》らせる。

とてつもない解放感と引き換えに精を放った。しばらく呆然《ぼうぜん》としていたが、のどが鳴る音が聞こえてきて我に返る。

複雑な心境で視線を向けた先で、悠斗の性器から顔を離した彼が自らの唇を舐めていた。目が合うと、楽しそうに微笑みながら、悠斗が着ていたスウェットの上着を床から取り上げた。

腹筋を使って軽々と上半身を起こした高際が、精液で濡れている悠斗の顔をそれで拭いてくれる。

「これで、寿命が三ヶ月延びたな」

「ありえないから。むしろ、微妙に有害な気がするけど」

「じゃあ、悠斗は俺のエロジュースは飲まないわけか」

「そういうわけじゃないよ。いずれは、まあ…」

「それは気長に待つとしてだ。今度はきみの中を堪能したいんで、ちょっと体勢をチェンジするぞ」

「え……?」

スウェットを手放してから、身体の向きを変えられた。

顔の方向を向かせて腰を跨がせたあと、また横たわって悠斗を見上げる体勢になった彼に驚愕《きょうがく》の眼差しを送る。

熱く脈打っている陰茎が臀部《でんぶ》に触れていたからだ。

そんな悠斗の視線をよそに、嬉々《きき》として言われる。

「アドバイスとフォローはそのつどするってことで騎乗位だ。自分で挿れて、腰を振ってきみの悦《い》いところに俺を擦りつけながらいって、なおかつ俺もいかせるエロジョッキーになって、俺を乗りこなしてくれるか」

「もう元気になってるんだ」

「愛しい恋人の悩殺ショットをつぶさに見ておいて即勃ちしないとか、悠斗変態の名にかけてありえない。さて、まずは腰を上げるところからだ」

「うん」

シーツに両膝をついて、おずおずと熱塊を摑んだ。恥じらいながらも、ゆっくりと腰を落としていく。

溢れていた先走りですべりつつも、どうにか先端部分を迎え入れた。

「っく…んう、ふ……ぅ」

慣らされているとはいえ、指とは比較にならないサイズだ。

痛みはなかったが、みっしり感がすごくて挿入はスローペースになる。その調子だと声をかけながらも、性器や乳嘴にちょっかいをかけてこられて困った。

「やめっ……恭貴……あ、っん」

「このほうが気がまぎれるだろう。そうだ。たぶん、膝は開いたほうがスムーズにいくと思うぞ。こうやってな」

「あ⁉　……んゃ、あっあ…んううう！」

シーツについていた膝を持ち上げられた。その結果、自分の重みで隘路《あいろ》を貫かれて悲鳴をあげる。

今の衝撃で、悠斗は果ててしまっていた。

咄嗟《とっさ》に仰け反って背後に倒れかけた身体を、膝を立てた高際が支える。

逞しい胸元まで飛び散った精液が視界に映った。なにげなく腕を伸ばして塗り広げると、体内の彼がさらにふくらんで瞠目《どうもく》する。

「なに……？」

「濡れそぼつ悠斗ジュニアと陰毛と、俺を銜え込んでるところだけでもエロビューなのに、射精したてのきみのエロジュースを俺に塗りつけるっていう犯罪的誘惑行為に及ばれたんだから当然だろう」

「元々は……あなたの、せい…だよ」

「そうだとしても、これ以上、俺を虜《とりこ》にしてどうするつもりだ」

「どうも、しない…けど……とりあえず、動こう……かな」

「ラテン系のカーニバルダンサーとか、ベリーダンスばりに存分に腰を振りまくってくれるのを期待してる」

そんな勢いで腰を振ったら、確実にぎっくり腰になる。それは避けたいので、高際の腹部に両手を置いて、まずはゆるりと円を描いてみた。

何度か繰り返すうちに、感じる箇所がわかってくる。そこを狙い、今度は前後左右に腰を揺すった。

「あ、んふ…ぁんん……あっあ」

彼の手で乳嘴と性器をいじられる刺激も快感を助長する。

控えめだった腰つきが、徐々に大きなグラインドになっていった。

それでも、経験不足のせいか決定的な悦楽を得られない。彼を射精にも導けず、中途半端にくすぶりつづける欲望がもどかしくなって懇願した。

「もう……無理。恭貴も、突い…て」

「愛しいきみのおねだりなら、いくらでも。…こんな感じでいいか？」

「っはあ……あぁぁああ」

下からのしたたかな突き上げに、あえかな嬌声《きょうせい》をあげた。

望みどおりの悦予を与えられて安堵したのも束《つか》の間《ま》、高際が上体を起こした。胡座《あぐら》をかいた彼の膝の上で、さらに身体を反転させられる。

背中を包み込まれるようにして座ったせいで、熱杭の角度が少し変わって呻いた。そん

な悠斗の膝裏を持って両足が大きく開かされる。

恥ずかしいと思う暇もなく、抉《えぐ》るように襞内を穿《うが》たれた。

振り落とされまいと、身をよじって高際の首筋に右腕を回して縋りついた。

いちだんと激しい抽挿で深部を突かれた直後、まず悠斗が達した。少し遅れて彼が吐精し、夥《おびただ》しい量の精液で粘膜内が濡らされていく感触にも惑溺する。

全身で高際にもたれかかり、弾んだ息を整えた。

ふと見つめ合って唇を重ねたあと、優しい声で囁かれる。

「そういえば、一日早いがメリークリスマス。本番の明日はきみを正気でいさせるつもりはないから、今日のうちに言っておく。ちなみに、クリスマスプレゼントは弁当箱だ。これからは毎日、弁当をつくるんで、それを会社に持っていってくれ」

「ありがとう。うれしいよ」

「それと、キーケースだ。二人で住む新居に引っ越すまでの期間限定だが、この部屋の鍵をつけて渡す」

「うん。俺はなにも用意してなくてごめん。来週になるけど、いいかな？」

「別にかまわないが、なんなら一緒に婚約指輪を選びにいくか？」

「そこまでは、どうだろう……」

「けっこう本気だぞ」

「え？　あっ、恭貴……あぁぁ！」

また復活を遂げている楔《くさび》で中を掻《か》き回されて甘く呻いた。

シーツに押し倒され、弱い部分を重点的に攻められる。さきほど注入された精液が抜き差しのたびに溢れ、濡れた水音を立てた。

覆いかぶさってきた高際の背中を抱いて、悠斗は幸福感に酔いしれた。

あとがき

こんにちは。もしくは、初めまして。牧山ともと申します。

このたびは『ごちそうさまと言わせたい～エロ妄想紳士と愛情過多なヘルシー弁当～』をお手に取っていただき、誠にありがとうございます。

今回のカップリングは、飲食店経営の実業家×会社員です。

ちょっと個性的な攻めを書こうとしただけなのに、クセが強すぎる変態に仕上がってしまいました（汗）。受けには頑張れとエールを贈りたいです。

ここからは、お世話になった皆様にお礼を申し上げます。

まずは、美麗なイラストを描いてくださいました高峰顕先生、ご多忙な中を本当にありがとうございました。

端正で気品あふれる高際と、清楚で優美な悠斗を素敵に描いてくださり、下描き（線画）を拝見した途端、今回もうっとりと溜め息をつきました。

美形男子を生み出す御手《みて》は美形の神様に祝福されているに違いない‼　と、毎回感銘を受けております。

担当様にも、大変お世話になりました。編集部をはじめ関係者の方々、サイト管理等をしてくれている杏さんも、お世話になりました。

最後に、この本を手にしてくださった読者の皆様に、最上級の感謝を捧げます。拙著にて、ほんの少しでも楽しんでいただけましたら幸いです。

お手紙やメール、メッセージもありがとうございます。拝読して励みにさせていただいています。

それでは、またお目にかかれる日を祈りつつ。

牧山とも　拝

二〇二二年　夏

牧山とも　オフィシャルサイト　http://makitomo.com/

Twitter　@MAKITOMO8

牧山とも先生、高峰顕先生へのお便り、
本作品に関するご意見、ご感想などは
〒101-8405
東京都千代田区神田三崎町2-18-11
二見書房　シャレード文庫
「ごちそうさまと言わせたい～エロ妄想紳士と愛情過多なヘルシー弁当～」係まで。

本作品は書き下ろしです

CHARADE BUNKO

ごちそうさまと言《い》わせたい～エロ妄想紳士《もうそうしんし》と愛情過多《あいじょうかた》なヘルシー弁当《べんとう》～

2022年9月20日　初版発行

【著者】牧山《まきやま》とも

【発行所】株式会社二見書房
東京都千代田区神田三崎町2-18-11
電話　03(3515)2311[営業]
　　　03(3515)2314[編集]
振替　00170-4-2639
【印刷】株式会社 堀内印刷所
【製本】株式会社 村上製本所

落丁・乱丁本はお取り替えいたします。
定価は、カバーに表示してあります。

©Tomo Makiyama 2022,Printed In Japan

ISBN978-4-576-22127-4

https://charade.futami.co.jp/